Kadokawa Fantastic Novels
「——你喜歡哪一個我？」
三角的距離無限趨近零
Bizarre Love Triangle
8
岬鷺宮
Misaki Saginomiya
illustration◊Hiten

「……嗚喔喔喔～～……！」
「其實我一直想要這麼做……」
「老家明明就在東京，妳還打算搬出去自己住嗎！」
「你也陪在她們身邊啊。」
「歡迎來」「到我們的故鄉宇」「田路——」
「——我們去北海道吧。」
「我們大家——都很矛盾。」
「各位！我找到矢野了～～～～～！！！」
「這是秋玻與春珂的遺書——」
「——很高興認識你，矢野四季同學。」
「你是水瀨同學的……朋友？」
「我跟矢野同學也只差了十歲左右……」
「——春珂」「誕生」「的地」「方——」
「——選一個吧。」
「——怎麼連妳都這樣！」
「……不對，你得去。」
「……到頭來～～你也不過就是這種廢物嗎～～？」
「——早」「安」「」「啊。」
「還是請人把她送去醫院吧。她已經走不動了。」

「矢野同學，歡」「迎光臨。」
「歡迎來」「到我們的故鄉宇」「田路——」

——理應再也見不到的她……
理應完全結束的她們兩人，就站在
月光下——

三角的距離無限趨近零 8

Bizarre Love Triangle

岬 鷺宮
Misaki Saginomiya

illustration◊Hiten

Kadokawa Fantastic Novels

第三十九章
Chapter.39

「我和她們兩人的戀情」

Bizarre Love Triangle 三角的距離無限趨近零

「矢野同學，你選擇的那一方會留下來——」

她這麼告訴我。

「沒選擇的那一方會就此消失——」

她又接著對我這麼說。

然後——

她們兩人異口同聲地央求我——

「——選一個吧。」

窗簾輕輕搖擺，一陣春風吹進社辦。

令人醒腦的麻痺感竄上後頸，讓我雙手微微顫抖。氣溫明明絕不算低，我卻能感到發自體內的寒意。

——啊，這一刻終於來了。

我實際體認到這點，為此深受震撼。

自從認識秋玻與春珂，時間已經過了一年。

我們這段奇妙的三角戀情落幕的時刻終於到來——

或許一切都是為了找出這個答案。

我想要留在誰身邊？我喜歡的人到底是誰？

這就是我必須找出的答案。

熟悉的景象在腦海中迅速閃過。

在社辦窗外畫出拋物線的球。

融入夕陽的輪廓，以及在眼睛深處翻騰的銀河。

跟她們兩人一起眺望的風景；彷彿永恆的瞬間。

這一切全都濃縮成這一剎那——

秋玻與春珂在我眼前不斷地迅速對調。

她的表情與舉止有如閃爍的雜訊不停變化。這幅毫無現實感的光景，讓我有一瞬間以為自己身在夢境。

然而——

「……呼……」

——我大大地吐了口氣，再度喚回自己的意識。

我要思考。

做出選擇。

正如一切都是為了得到這個答案，我也應該早就做好了準備。

以前的我大概早就亂了手腳吧。面對來到眼前的困難抉擇，我恐怕連保持自我都做不到。可是，我現在不一樣了。

須藤、修司、細野、柊同學、霧香……還有秋玻與春珂。

跟大家一起度過的這一年，讓我有了改變。

直到剛才都還困擾著我的「我到底是什麼樣的人」這個問題，也已經不重要了。

不管矢野四季是個怎麼樣的人，我該做的事都不會改變，只需要好好面對她提出的問題。

我想在這裡展現出自己的一切。我想用自己擁有的一切面對她們——

我努力摸索，再次挖掘心中的想法。

然後用指尖確認其中【對某人的感情】。

即便到了現在，我心中確實依然存在著不變的情感。

那是渴望得到對方的露骨慾望，以及甜蜜的痛楚。

我能明確感受到那種情感，而且其存在還變得更為強烈，讓我無法忽視。

那種情感……毫無疑問就是愛情。

不過，我還是不太清楚。我不確定那是對誰抱持的情感。

答案就像在水裡游泳的金魚，從我的手指之間靈活地鑽了出去。

然後，我重新想起不久前作過的夢，以及那種愛上某人的感覺。我還記得那個人不是秋玻，也不是春珂——

數不清的思緒在腦海中纏繞。

心中的疑惑越來越多，讓我遲遲無法理清頭緒。

然後——我突然聽到一陣忙亂的聲響。

那是從走廊傳來的腳步聲，而且來自好幾位成年人。

我還來不及做出反應，那些腳步聲就已經來到社辦門口。

「——矢野同學，我要開門了喔！」

幾乎是在聽到這句話的同時，門就被猛然打開了。

千代田老師氣喘吁吁，頭髮也亂成一團。在她身後還有兩位大人。

一位是看似個性軟弱的苗條女性，另一位則是身材高壯，看似豪邁的男性。

我當然記得他們是誰。他們就是水瀨家的雙親——

當秋玻與春珂開始迅速對調後，我立刻聯絡了千代田老師。我們在社辦裡談話，而老師八成也在學校裡的某個地方隨時待命。

我有猜到她會立刻趕來，卻沒想到水瀨家的雙親也跟她一起，這讓我再次體認到這是緊急事態。

「現在的狀況怎麼樣！」

千代田老師讓秋玻與春珂坐在旁邊的椅子上後，著急地問我。

「她們兩個是不是已經……！」

「不……我覺得還沒有。」

那種口氣讓我也跟著緊張起來。

原本穩定的心跳變得有些混亂。

「可是，她們對調的時間變很短，人格極不穩定……」

所有人的視線再次集中在秋玻與春珂身上。

她們依然坐在椅子上，像是閃爍的燈光般不斷對調。

這幅毫無真實感的光景，讓千代田老師與她們兩人的父母一時之間都說不出話。

不知道是誰的手機發出短暫的聲響。千代田老師把手伸進口袋裡，拿出手機看向螢幕。

「……她的主治醫生好像準備就緒了。」

「那就先讓醫生診斷吧。」

水瀨爸爸在秋玻與春珂身旁屈膝，向千代田老師如此說道。

「至少先請醫生判斷是要在這裡進行治療，還是讓她撐到醫院。」

「嗯，我贊成。」

簡短表示贊同後，千代田老師看向秋玻與春珂。

「妳站得起來嗎？有沒有辦法走路？」

她們兩人默默點了頭。

千代田老師似乎稍微放心了。

「那就好。醫生已經趕到了，我們先去保健室吧。之後該怎麼做，就等醫生看過再決定。」

這句話似乎成了信號——我們開始準備回家。

秋玻與春珂站了起來，水瀨媽媽拿起她們擺在桌上的書包。

水瀨爸爸扶著秋玻與春珂，千代田老師走在前面替他們帶路。

——事情進展得好快。

彷彿他們早就猜到會變成這樣，已經做過好幾次排演，一切都是那麼順利。

這時我才總算回過神來。

「……那、那個……！」

猶豫了許久——我好不容易說出這句話。

「有沒有……我能幫上忙的地方？」

我拚盡全力才說出這句話。

其實我有很多想說的話，也有很多想問的問題。

我還沒告訴她們我的回答。今後我還有能做出答覆的機會嗎？

她們兩個到底怎麼了？讓她撐到醫院是什麼意思？要是她撐不到又會怎樣？

——然而……

我不曉得現在適不適合說這些話。

不確定在這種三個大人都心急如焚的情況下，我能提出多少個人的意見。

「……抱歉，你先在這裡等候吧。」

也許是察覺到我的想法。

千代田老師的額頭冒出冷汗，心有不甘地這麼說。

「等我搞清楚狀況後，就會馬上通知你。」

「……我明白了。」

這是我唯一能說的話。

我現在無法提出更多自己的主張。

秋玻與春珂也乖乖聽從大人的指示，讓我這種想法變得更堅定。

不過——有句話我一定要說。

我還有一句話想告訴她們。

「我會好好思考的！」

我對著她們離開社辦的背影如此呼喊。

「我會努力找出答案，等妳們兩個回來！我們晚點見！」

秋玻與春珂回頭看了過來。

她們像雜訊般迅速對調，並對我微微一笑。

「再」「見。」

說出這句話後，她們兩個就在千代田老師等人的帶領下走出社辦。

＊

——我整個人癱坐在椅子上。

當腳步聲消失在走廊的盡頭時，我突然全身無力，只能靠著椅背支撐全身的重量。

我從肺部深處深深地吐了口氣。

這裡只剩下我一個人。我總算發現大腦一直都在全速運轉。身體使不上力，就像麻痺了一樣。腦袋裡至今依然殘留著淡淡的餘溫——

……我剛才那麼做對嗎？

腦袋變得一片空白後，我立刻想到這個問題。

我沒想太多就把問題交給老師他們去解決。三位成年人突然出現，我還來不及說出自己的答覆，就把秋玻與春珂交給他們。

該不會……我其實應該讓她留下來？

就算得用有些強硬的手段，我也該讓她們等我找出答案，確實告訴她們吧……？

說起來……我或許應該立刻做出答覆。

如果當她們問我這個問題，我能立刻說出自己的想法，就不會有任何問題了。

現在回想起來，到了最後關頭都還在煩惱，我實在太沒出息了。我在這時突然感受到久違的自我厭惡。

窗外是一如往常的西荻春季風光。這種太過強烈的「日常感」，讓我有種頓失依靠的感覺。

這個世界今天依然正常運作，就好像什麼事情都沒有發生。世界是無情的，絕對不會偏袒任何人的願望與希望。

這讓我感到非常憤恨。那種絕對的上下關係，我實在是受夠了。

即便如此——

窗外的景色還是很美，讓我在不知不覺間開始專心欣賞那種淡淡的色彩。該不會根本沒有我能幫上忙的地方吧？我的腦海甚至浮現出這樣的想法。

我就這樣放空了一段時間，直到——

「……！」

——口袋裡的智慧型手機震動。

我猛然從椅子上站起來，用手指在螢幕上滑動。

手機剛才掉到地上，螢幕出現了裂痕。看來不光是貼在上面的保護膜，連螢幕本身都受損了……算了，既然手機還能用，晚點再拿去修理吧。

千代田百瀨：『我們先請主治醫生替她診斷了。』

我收到千代田老師傳來的訊息。

稍待片刻後，我又收到更多訊息。

千代田百瀨：『我們決定讓她搭明早的第一班飛機，前往位在北海道的醫院。』

千代田百瀨：『雖然她好像還能撐個幾天，但沒辦法繼續待在東京了。』

四季：『這樣啊……』

四季：『謝謝妳通知我。那個……』

四季：『有辦法撥出一點時間讓我跟她們說話嗎？』

千代田百瀨：『我會跟其他人商量看看。』

千代田百瀨：『我想晚點應該有空。』

傳送訊息向千代田老師道謝後，我把手機放回口袋。

——她剛才說晚點應該有空。

換句話說，這應該就是我能跟秋玻與春珂見面的最後機會吧。

到時候我能否表明自己的心意。

這將會改變她們兩人的未來——

我重新思考自己對她們的想法。我到底喜歡誰？秋玻與春珂，誰才是我喜歡的人？

可是——我發現一件不可思議的事。

我越是努力思考，就覺得自己離答案越遠。

選擇其中一人肯定是正確的，但這似乎也是非常錯誤的決定。

這種不對勁的感覺比剛才還要強烈。就連思考這個問題，都讓我有種不明所以的抗拒感——

我純粹想見她。

即便情況變成這樣也一樣。不，正因為現在是這種情況……

讓我很想跟她們見面。就算無法聽到聲音，就算看不到她們的笑容，只要能陪在她們身邊就夠了。

——我突然聽到輕輕敲門的聲音。

「矢野同學，你在裡面嗎？」

門後傳來某人的聲音。那是跟敲門聲完全相反的粗獷嗓音。

我嚇得挺起身體。

這個聲音，這個感覺是——

「我是秋玻和春珂的父親。方便進去打擾一下嗎？」

「啊，請、請進！」

我不小心破音了。糟糕，因為想得太過專心，害我沒發現有人來了。

當我忙著重新整理頭髮與服儀時，秋玻與春珂的父親……我記得他叫水瀨岳夫，彎著腰走進社辦。

「抱歉，剛才事情太多，沒能馬上跟你打招呼。很高興見到你。」

「嗯，你好……」

我一邊回禮一邊注視他的身影。

……不管看過多少次，我都覺得他的外表很有震撼力。

他應該有將近一百九十公分，手臂壯得像是一根圓木。他還留著極短的平頭，有著兼具知性與豪邁的溫柔臉龐。我聽說他是一位自行開業的醫生，但他看起來也像是一位漁夫……

……我再次感到不可思議。

這個人竟然是秋玻與春珂的父親。

不管是長相、體格還是氣質，他們身上完全沒有相似之處……卻是真正的一家人，有著同樣的姓氏，實際住在同一個屋簷下。

他先環視社辦內部。

「……我可以坐下嗎？」

「啊，嗯，當然可以。」

我點頭回應後，岳夫先生就在秋玻與春珂平時用的椅子上坐下。

那張看起來比平時小的椅子發出了我從未聽過的聲響。

他像是在思考合適的說法，低頭看著地板好一段時間。

「……千代田老師有告訴你現在的情況了嗎？」

「有。她剛才發訊息通知我大致情況了。」

「是嗎？嗯，她們的狀況還算穩定，似乎不會立刻有所改變。」

「這樣啊，真是太好了。」

「是啊。所以……嗯。」

說到這裡，岳夫先生看向我。

「矢野同學，我想趁這個機會跟你聊聊。」

「原來如此。」

……怎麼回事？他是不是有話想對我說？

我們還是頭一次像這樣兩人獨處，讓我感到有些緊張。

他是我同學的父親，還是跟我因為戀愛問題關係匪淺的秋玻與春珂的父親。

這應該不是我們初次見面。我記得當我在夏天中暑的時候，就是他照顧我的，之後我們又見了好幾次面。不過，我還是第一次跟他面對面交談。

看到我緊張的樣子，岳夫先生像是要吹氣球般深深吸了口氣。

「我一直有聽說關於你的事。所以，我要感謝你這麼珍惜秋玻與春珂。」

「啊……不客氣，那是我要說的話。她們兩個幫了我很多。」

她們這一年真的幫了我很多。

要是沒有秋玻與春珂，在缺少她們的情況下迎接風波不斷的二年級生活，我會變成什麼樣？

光想像就讓我不寒而慄。結果肯定會很糟糕。

我可能不再是我，甚至連像這樣來上學都辦不到。

「自從認識你，她們就交到了許多好朋友不是嗎？這讓我放心多了，真的很感謝你。畢竟讓她們在人格不斷對調的情況下上學，還是很令人擔心。」

「千萬別這麼說，那是她們本人努力的成果。我能幫上忙的地方其實不多……」

「沒那種事。因為……」

岳夫先生低頭往下看。

然後露出有些寂寞的微笑。

「連在這種時候，你也陪在她們身邊啊。」

——連在這種時候。

聽到他這麼說，我好像能理解他的心情了。

低沉的嗓音裡充滿謝意，以及些許類似懊悔的感情。

這個人……或許是覺得自己做得不夠好吧。

對於自己女兒的人格問題，我不曉得他做過多少努力去解決。他應該做了為人父母該做的一切吧。事實上，岳夫先生也是一位醫生。她們兩人能在懷有這種嚴重問題的情況下過著普通高中生的生活，肯定是這個人的功勞。

即便如此——兩人的問題……

秋玻與春珂面對的難題，幾乎都是在我們面前發生。

換句話說，岳夫先生一直沒能接觸到問題的核心——

「女兒長大了就是這麼回事吧……」

像是在跟朋友發牢騷，岳夫先生對我這麼說。

「以前不管是什麼事，她都會找我幫忙；不管是好事還是煩惱，她都會找我商量；

在醫院與學校遇到的事情，她也都會告訴我。可是，自從她進這間高中……這種事就沒再發生了。」

「……我都不知道有這種事。」

「我跟實春……也就是這孩子的母親討論過這件事。她說秋玻與春珂都是少女了，不再是以前的小女孩。實春還說她們肯定有了心上人。實際聽到實春那麼說，我才有那種感覺。她們的一舉一動都讓人覺得她們有喜歡的男生，這讓我感到很不安。」

岳夫先生露出自嘲的笑容。

「對方是個什麼樣的男生？又是怎麼看待她們的雙重人格問題？要擔心的事情多得數不清。我實際體認到世上那些過度保護孩子的父親原來都是這樣誕生的。不過，我作夢都沒想到自己也會變成這樣。」

我忍不住跟著笑了出來。

我覺得他是一位好爸爸。

他發自內心珍惜秋玻與春珂，是個溫柔又可靠的父親。

「所以……我很慶幸那個人是你。」

岳夫先生認命地這麼說。

「你一直這麼努力，陪在她們兩個身邊……幸好你是願意為她們做到這種地步的人。她們肯定從你身上得到了許多我這個父親無法給她們的東西。」
我不認為自己做過那麼偉大的事。
我只是拚命想陪在她們身旁，我甚至不確定自己是否辦到了。
不過，聽到岳夫先生這麼說，我覺得自己做的一切或許還算有點意義，我對她們兩個應該還算有點幫助。
「所以，就算雙重人格結束，我也覺得不會有事。雖然我不曉得今後會怎樣，但我想這對她們來說絕不會是件壞事。」
「……是啊。我衷心希望這樣，所以……我想做好自己該做的。」
「謝謝你。」
說完，岳夫先生整個人靠在椅背上。
他看起來比剛才放鬆。
可能是因為他把想說的話，還有心中的想法都說出來了吧。
然後，他露出比剛才和善的表情對我苦笑。
「還有就是……這一天真的到來，還是很令人寂寞……不管結果如何，我都無法跟秋玻與春珂回到過去那種生活。就算早就做好心理準備，我還是……」
「是啊，我也是這麼想的。」

「春珂是個堅強的女孩……」

岳夫先生瞇起眼睛，像在回憶往事。

「我們家開的診所原本相當缺乏美感，總會讓人感到不自在。這件事惹火春珂，結果她給了我許多重新裝潢的意見，讓小孩和老人都能輕鬆自在地待在裡面……嗯，秋玻身旁能有這樣的女孩真的很重要……我也很感謝她，感謝她願意以年輕人的觀點給我毫無保留的建議。」

……聽到他這麼說，我就感到心痛。

這些話聽起來像是在女兒出嫁前回憶她的事跡。

可是——現實並非如此。

秋玻與春珂其中一方將會消失。岳夫先生肯定也明白。

所以，他現在其實是在回想自己跟可能永別的女兒之間的回憶。

「秋玻的個性則是正經得令我不安……」

岳夫先生小聲呢喃。

我無法從他身上移開目光。

「正因為這樣，該怎麼說……我有時候其實很尊敬她，像是她的責任感或是正義感。我是個頗為隨便的人，她讓我學到了不少……」

——然後……

岳夫先生換上自言自語般的口吻。

「秋玻她……應該是想變成秋彥先生吧……」

小聲說出這句話。

「不管是興趣、想法或服裝品味，都跟他如出一轍……連名字都叫『秋玻』……」

——我下意識地理解了。

這件事肯定——跟雙重人格的根源有關。

她們兩人小時候到底發生了什麼？

到底遇到了什麼事，懷著什麼樣的願望，才讓她們擁有雙重人格？

這件事就關係到這個問題的答案——

我有種想追問的衝動。我想問清楚她們人格分裂的經過與原因，以及所有一切。

可是——

「……那個……」

「嗯……？」

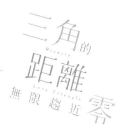

「……啊，沒有。抱歉，沒事。」

——我搖搖頭，把衝到喉嚨的問題吞了回去。

岳夫先生露出不解的表情，愣了一下後才露出恍然大悟的微笑。

我想聽她們親口告訴我。

這肯定是很重要的事情。

在秋玻與春珂的私事當中，這肯定最敏感也最隱密。

既然這樣，我想讓她們親口告訴我。不管要等多久都行，就算是很久以後也行，我想聽她們親口告訴我。

——岳夫先生突然看向自己的手機。他似乎收到通知了。

他看了一下螢幕。

「她們好像準備好了。」

他看了過來，用溫柔的口氣這麼說。

「秋玻與春珂做好跟你說話的準備了。」

「……好的。」

我點了頭，在椅子上正襟危坐。

「把這個重責大任託付給你，我真的很過意不去。」

岳夫先生說出這句話後，對我深深一鞠躬。

然後，他重新抬起頭，筆直注視著我——

「我的兩個女兒——就交給你了。」

我大口深呼吸。

在感覺到視野與意識都變得清晰的同時，我再次對岳夫先生使勁點頭。

「沒問題——放心交給我吧。」

*

「——抱歉，我把場面搞得一團混亂。」

「秋玻」一邊這麼說一邊來到社辦——令我感到意外。

她一如往常地輕輕關門，悄聲走了進來。

「雖然不能太晚回家，不過之後的行程是在明天早上，所以……嗯，我們接下來可以好好談談。」

她顯然是我熟知的秋玻。

剛才那種人格迅速對調的情況暫時平息，言行舉止始終保持一致。她現在看起來正經又理智，充滿了秋玻的風格──

「人格對調……穩定下來了嗎？」

我對此感到驚訝，開口詢問看著窗外的秋玻。

「我還以為妳會一直那樣，人格不斷對調……」

所以我早就做好了心理準備。

以為自己再也見不到「原本的秋玻」與「原本的春珂」。

以為她們已經去到無法回頭的地方──

然而──

「……是啊，這真的只是暫時的現象。」

說完，秋玻露出苦笑。

「我們的精神已經完全失衡，變得非常不穩定……但醫生把平時的治療手段全都試了一遍，總算讓症狀穩定下來了。」

「原來如此……那就好。也就是說，妳們暫時恢復成原本的對調模式了吧……」

「大致上是這樣沒錯。因為差不多十分鐘就會對調一次，時間比過去快上許多，而且間隔會越來越短……我猜很快又會變成剛才那樣。我感覺……這種狀態頂多只能維持到明天或後天。」

「……這樣啊。」

——時間間隔會越來越短。

聽到這句話，我心中抱持的淡淡期望突然消失了。

這是原先就有的重要前提。她們兩人的人格對調時間會越來越短。當這個時間歸零的時候，雙重人格就結束了——

換句話說，她們現在毫無疑問還是朝著終點前進。還能像這樣跟我交談的時間，真的只剩下一些了。

「還有就是，我不知為何還記得一點。」

「……記得一點？」

「春珂現身時發生的事，不知為何我也都記得。反過來好像也一樣，春珂記得我的體驗。」

「……哦，想不到還有這種事。」

這倒是出乎我的意料。

在此之前，她們兩人的記憶是徹底分開的。

因為這個緣故，她們必須透過手機與筆記本進行交流，在我這個外人眼中，這是相當麻煩的事。

不過……她們剛才確實一邊對調一邊毫無停頓地跟我交談。原來如此，那就是她們開始可以共有記憶的證據……

「因為這本來就是為了保護我才有的機制……」

秋玻不知為何帶著有些羞怯的表情這麼說。

「你想嘛，春珂誕生的原因，不就是為了保護承受巨大壓力的我嗎？所以我們必須無法共有記憶。因為春珂以自己的身分行動，做一個跟我完全不同的人，才成功保護了我。」

——繼岳夫先生那番話之後，我又聽到與雙重人格的根源有關的事了。

我想搞懂這件事，專心聽著秋玻說話。

「可是……情況已經改變了。我不再承受巨大的壓力，春珂也沒必要保護我了。而且既然人格對調的速度變得這麼快……反倒是沒有共享記憶比較危險吧？」

「也對，妳這麼說或許有道理……」

她們現在需要經常切換人格，局勢變化也會很快。

如果她們每次對調都需要互相分享情報，恐怕永遠分享不完。為了保護自己，她們可能已經無法區隔彼此的記憶了。

「所以……」

秋玻先丟出這句話。

然後露出有些淘氣的微笑。

「剛好，我就讓你實際見識一下吧。」

說完，她短暫地低下頭。

然後——換成春珂抬起頭。

「看吧，就是這種感覺。」

她對我露出有些得意的笑容。

「我還能繼續跟你對話！這樣很方便吧？」

「喔喔，真的耶！」

我覺得非常新鮮，語調也忍不住跟著上揚。

我現在能跟秋玻與春珂無縫對話了。

過去一直無法實現的夢想，如今終於成為現實。

這不但跟春珂說的一樣方便，還讓我有種不可思議的感覺。

「呵呵呵……」

然後，春珂莫名其妙對我露出耐人尋味的笑容。

「不過，這樣你以後有事就沒辦法瞞著秋玻，也沒辦法瞞著我了～」

「嗯，確實如此……」

「矢野同學，你以後要小心點喔。要是我們跟以前一樣偷偷接吻，可是會被秋玻發現的……」

「別亂說，我們才沒做過那種事。秋玻，妳別相信她的話～我們才沒有瞞著妳偷偷接吻～」

說完，我們相視而笑。

這件事不知為何也讓我有些感傷。

我跟春珂還能這樣說笑多久？

應該只剩下幾天了吧？還是說，其實我們剩下的時間還有更多？

——我差不多該決定了。

我非得做出抉擇不可。

「……那麼，矢野同學——」

我們兩個談天說笑，就這樣過了一段時間。
春珂再次看向我。

「你差不多……該告訴我答案了吧？」

然後——她短暫低下頭。
秋玻重新抬起頭，向我如此問道。

「矢野同學……你要選擇誰？」

——我一直在思考這個問題。
不管是她們被大人帶走的時候，還是跟岳夫先生聊天的時候，我都沒有停止思考。
即便她們回到這個房間，跟我這樣對話的同時，我也還在思考。
不，不光是這樣。自從遇到她們兩人，我一直在思考這個問題。
對我而言，她們到底算是什麼？

名叫秋玻的女孩與名叫春珂的女孩——對我有著什麼樣的意義？

——而現在……

我再次面對她們——心中的不協調感逐漸變成確信。

要我從她們兩人之中做出選擇，決定自己喜歡的人是誰。

我實在不認為那會是個正確的選擇——

我突然想起一件事。那是前陣子討論解散會相關事宜時，霧香對我說過的話。

那一天，她說過「我覺得她們兩個都不是」這句話。現在的我很能體會她當時的心情。

我肯定喜歡著某人。

我喜歡眼前這女孩。

可是——

要我在秋玻與春珂之間做出選擇，讓我有種非常不對勁的感覺。

在承受秋玻目光的同時，我一直在思考：那麼——

我到底該怎麼做？

我該如何看待這段關係？該如何給她們一個交代？

我不知道答案。

答案彷彿近在眼前，指尖似乎已經可以觸及。

可是，我還是沒能找到答案——

——就在這時，秋玻低下頭。

停頓一小段時間後，春珂重新抬起頭。

「……矢野同學，你想得還真久～」

春珂略顯傻眼地笑著這麼說。

「哎，你認真看待這件事讓我很開心，不過……這樣沒問題嗎？你有辦法做出選擇嗎？」

「……嗯，抱歉，讓妳們等這麼久。」

原來……我已經想了十分鐘。

也難怪春珂會感到傻眼。

「不過，嗯……我好像快要找到答案了。希望妳讓我再想一下……」

「這樣啊。嗯，那你就繼續想吧……」

說完，春珂在附近找了張椅子坐下。

然後感傷地瞇起眼睛看向窗外。

「……反正已經到了最後。」

她小聲呢喃，像在自言自語。

「消失的人可能是我，也可能是秋玻。反正這是最後了，我願意等你……」

——口氣像是早已做好覺悟。

春珂的表情看似接受了一切。

可是——她不可能沒有不安。而她的未來就掌握在我手中，我再次體認到自己的立場。

「……我還有很多想做的事。」

春珂突然說出這種話。

「變成普通的高中生後，我有了許多初體驗，日子過得非常開心。可是……我還有很多想做的事，我好想把那些事全部做完……」

「……這樣啊。」

這句話讓我有些在意。

「那妳想做什麼樣的事？」

「比如說，呃……我想先去賞花。」

春珂想了一下後，開心地這麼說。

「我去年跟大家變成好朋友的時候，櫻花不是早就凋謝了嗎？現在的情況正好相反，櫻花很快就要盛開了，我自己卻變成這樣……」

春珂露出傷腦筋的表情撇嘴。

「所以，嗯，我想去賞花……」

「原來如此。妳說得有道理……」

找秋玻、春珂與其他朋友一起去賞花。

應該可以玩得很開心。我試著想像那註定無法實現的光景，不由得有些心痛。

「還有就是，我想在夏天去烤肉……對了，海邊！我想跟大家一起去海邊游泳！我想穿泳裝把你迷得心裡小鹿亂撞……其實伊津佳曾經大力稱讚我，讓我對自己的身材還算有點自信……」

——除此之外，春珂還說出許多願望。

她想跟大家一起去看星星。

想跟大家一起準備考試。

想試著參加社團活動。

想在運動會上表現得更好。

還想去看喜歡的藝人的演唱會。

然後——

「——對了……故鄉……」

——春珂說完，看向遠方。

「我想帶你回到故鄉四處逛逛……」

——她們兩人的故鄉。

就是遙遠的北海道宇田路市。

我過去曾聽到這個地名許多次，那是個悠閒的觀光勝地。

「那裡有許多充滿回憶的地方。像是我常去買書的書店，還有全家一起去看煙火的港口、能吃到美味壽司的餐廳，以及我過去就讀的小學……」

春珂像在喚醒那些回憶，說出她在宇田路市喜歡的地方。

「我真的很喜歡那個城市。」

雖然也有許多難過與不好的回憶……卻仍然是個重要的地方。

說到這裡——春珂低下頭。

然後，秋玻代替她繼續說下去。

「……我也跟春珂有著同樣的想法。」

秋玻用作著美夢般的語氣說道。

「我想像過許多次，我們三個一起在那個城市裡散步的樣子，在我們最珍惜的地方三個人一起行動，真不曉得會有多幸福。我想知道你會露出什麼樣的表情。可是……」

秋玻——突然眼眶一濕。

她露出強忍著某種情緒般的表情，低頭看向下方——

「這個願望恐怕再也無法實現了吧……」

看到她那種表情，我感到一陣心痛。

她應該有許多無法實現的願望，也有許多早已放棄的事情。

在人格不斷對調的過程中，肯定會對她們造成某些限制。

雖說她們接受了現實，但那些限制依然是遺憾，也會讓她們有所牽掛。

而在這些遺憾之中，她們兩人特別想實現的願望……就是我們三個人一起前往宇田路——

——我試著在腦海中想像。

想像我們三個人前往北海道的小鎮，在復古的街景中並肩而行。

還有我們逐一造訪她們的回憶之地的光景。

秋玻與春珂在那些地方的身影。

還有她們當時的表情，以及被海風撩起的頭髮——

如果能看到那樣的光景，度過那種美好的時光，我……我們肯定——

「——那就走吧。」

——當我回過神時，這句話已經脫口而出。

「——我們去北海道吧。」

「……咦？」

秋玻驚訝地睜大眼睛。

「走？去北海道……？什麼意思……？」

那表情像是完全無法理解我在說什麼。

這也理所當然。因為這個提議實在太過大膽——也太過突然。

「我們現在就出發吧。」

我繼續對她這麼說。

「我、秋玻、春珂，我們三個人——現在立刻前往宇田路吧。不管是要搭飛機還是要搭新幹線，或是其他交通工具都好，一起去妳們的故鄉走走吧。」

——這是個極其自然的決定。

既然秋玻與春珂都這麼說了，如果她們兩人都真心如此希望，那我根本不需要猶豫與迷惘。

反正去就對了。三個人——一起去北海道。

——秋玻似乎總算理解我說的話。

她看起來非常慌張。

「咦？可、可是……」

而且話還說得不清不楚。

「我們明天一大早就得趕去機場……沒辦法這麼做……」

「妳們要去的醫院就在宇田路對吧？」

儘管知道自己太過強硬，我還是這麼問道。

「既然這樣，我們現在就出發，不是比明天早上才出發好嗎？」

「或許是這樣沒錯，可是……」

——可能是因為內心受到極大的震撼。

明明還沒經過十分鐘，秋玻就跟春珂對調了。

「可、可是，大家都已經幫我們做好準備了！而且沒人知道之後會發生什麼事！」

這些話也很合理。

千代田老師和她們兩人的父母，以及那些醫療相關人士，都還在學校裡等我們做出結論。她們明天回到故鄉之前該做的事情，應該也早就安排好了。

可是——

「有我陪在妳身邊。」

我搬出連信念必勝法都算不上的歪理。

「我會一直看著妳們，要是發生什麼狀況，我會立刻跟大人聯絡。我絕對不會勉強妳的。」

然後——說出自己的想法。

我說出在自己心裡萌芽，轉瞬間就成長茁壯的願望。

「我無論如何——都想跟妳一起去那個地方。」

「想要三個人一起在那個城市逛逛。」

「我想實現妳們最後的願望——」

我強烈地想要這麼做。

我知道這樣很不負責任，也知道這樣實在太亂來。

可是——我突然想起來了。

我想起霧香對我說過的話。她說「你就是個自私任性的小鬼頭」。

我至今依然無法完全接受這個評價。可是，我在她眼中確實是這樣的人。

仔細想想，我的確對她做了非常自私的事情。我確實有著這樣的一面。

既然如此——我現在想發揮這種特質。

這麼做應該會給許多人添麻煩，也會讓許多人擔心。

對岳夫先生來說，我這種行為或許算是一種背叛。

可是，我還是想把我們自己的願望擺在第一位。

為了我，為了秋玻，也為了春珂。

就算要我捨棄一切——我也想實現她們的願望。

我默默注視著眼前的女孩，想把自己的心意傳達給她。

也許是她理解了我的心意，她想了很長一段時間——

「——嗯。」

——最後在我面前點了頭。

她臉上充滿歡喜與悲傷——

眼眶裡滿是淚水，臉上掛著微笑。

她——對我這麼說道。

「——我們走吧，矢野同學！」

第四十章
Chapter.40

【空之小說】

B i z a r r e L o v e T r i a n g l e

三角的距離無限趨近零

窗外是飛逝而過的黃昏街景。

新幹線列車離開東京沒多久就駛過了大宮站。

我把手肘靠在窗邊，茫然眺望著景色。

連鎖商店的看板把光線射進黑暗，許多載著陌生人的車子在國道上奔馳。

坡道上有座老舊的公園，旁邊還有小小的樹林。

然後——黃昏的黑暗輕柔地覆蓋住這樣的街景。

眼前是平凡無奇的日本住宅區風景。

除了這裡，還有無數個這種「某人的故鄉」。

可是——這幅光景讓現在的我感到十分懷念。

總覺得在那裡出生長大的我、秋玻與春珂，會突然從街上的某個地方出現，讓我很想把這幅光景深深烙印在眼底。

「——啊，我訂到房間了！」

坐在我旁邊滑手機的春珂叫了出來。

「是新函館北斗的站前飯店！幸好～～要是連這裡都客滿，我們肯定會凍死……」

「喔喔，太感謝了。」

說完，我把視線從車窗移到春珂身上。

「我從來沒訂過房間，幸好有妳幫忙……」

「嘿嘿嘿～～反正這種事我很常做。每次家族旅行或是去北海道看醫生，訂房間都是我的工作！」

「喔～～真不愧是老手。」

在閒聊的同時，我順便環視列車內部。

除了我們之外，乘客只有幾個人。因為現在正好是晚餐時間，坐在我們旁邊的外國男子開始拿出便當。在我們後面的座位，一位疑似準備去出差或出差剛結束，身穿西裝的四十多歲男子已經把手伸向第二罐啤酒了。

總覺得這幅景色非常不可思議。

在這個全新的現代化車廂裡，竟然上演著這種充滿生活感的景象。

不協調的感覺非常奇妙，也莫名溫暖，讓我覺得不管地點與時代如何轉變，人類肯定都不會有太大的改變。

而且……嗯，我的肚子也餓了。

我們預計會在晚上十點前抵達今晚的目的地，也就是新函館北斗站。

現在離抵達目的地還有段時間，我們或許可以趁這時候吃晚飯。

──『我們三個人一起去北海道吧。』

自從我對秋玻與春珂說出這句話後，已經過了三個小時左右。

雖然她們也同意這個突如其來的提議……在實際踏上前往北海道的旅程之前，我們還是遇到了許多麻煩。

我們三個只是普通的高中生。

而且其中兩個人還是必須經常對調的雙重人格者，另一個則是直到剛才都還搞不清楚自己是誰，個性不太穩定的傢伙。

就算我們直接去跟大人商量，他們也不可能允許我們獨自行動。

這樣的話──我們就只能暗中行動，瞞著大人們偷偷前往北海道。

──我們不動聲色地展開行動。

首先，我們必須逃離學校。因為老師和醫院相關人員好像都待在正門那邊，我們偷偷跑到玄關拿走鞋子，從後門離開學校。

這個過程讓我們非常緊張。

我們努力不發出腳步聲，在校園裡安靜地移動。我們不知道千代田老師和她們兩人的雙親在哪裡，整個祕密行動的過程讓人手汗狂流。

最後，當我們沒被發現，成功從後門走到住宅區時，我們還小聲發出了歡呼。

我們總算——成功逃離學校了。

不過……我們絕非想給大人添麻煩，也不是想讓他們操心。

來到離學校夠遠的地方後，我立刻傳訊息給父母與千代田老師，秋玻與春珂也傳訊息給自己的父母。

『我們三個要出發去北海道了。』

『對不起，讓你們擔心了。』

『我們一定會平安抵達宇田路的。』

——我們的手機立刻響個不停。

打給我的當然是千代田老師和父母，打給她們兩個的則是岳夫先生。

這也是理所當然的事。他們肯定會擔心，也不可能允許這種事。他們現在一定非常生氣。

不過，我們已經不可能回頭。我徹底無視那些來電，還把Line的通知關掉。秋玻與春珂有跟岳夫先生短暫通話，只說了句「我們絕對會抵達宇田路」就切斷通話。

在前往西荻車站的路上，我們三人想好之後的計畫。

首先——

「我們得先去買衣服！」

這是春珂的主張。

而秋玻對於這個提議——

「要是穿著制服在晚上亂逛，豈不是很危險嗎？」

然後她繼續說下去。

「而且北海道應該還在下雪，穿這樣會凍死。」

「咦？不會吧？北海道竟然還在下雪嗎？」

這完全出乎我的意料。明明已經四月了，那裡竟然還這麼冷。

不過，既然她們都這麼說了，那肯定錯不了。這樣我們就得準備整套衣服與防寒衣物。

我們沒時間慢慢買衣服。在新宿車站下車後，我們在車站裡的快速時尚服飾店買好衣服。我們買了樸素的成套衣服，以及可以披在外面的簡易防寒衣物。

順帶一提……費用是身上帶著銀行提款卡的秋玻與春珂領錢付的。因為沒想到事情會變成這樣，我身上沒帶多少錢，也沒帶提款卡。總覺得很不好意思……當然，等這一切結束之後，我一定會還錢。

此外，在買東西的過程中，我們還討論到交通工具的問題。

「對了，還得訂機票才行。」

春珂一邊試穿羽絨外套一邊說出這句話。

「我們得搭乘從羽田到新千歲的班機。我覺得現在這個時期與時段應該不難訂到機票，但還是必須早點訂票。」

「嗯，我贊成。」

儘管表示贊同，但我心裡有些疙瘩。

我們要搭飛機前往北海道……這是理所當然的事，也是非常自然的結果。

可是……

「如果我們搭飛機，大概幾個小時會到？」

「嗯，我想想，到羽田大概要花一個小時……搭飛機的時間是一個半小時。從機場到宇田路……又要一個半小時……如果把轉乘的時間算進去，大概要五個小時吧。」

……原來如此，五個小時。也就是說，我們今晚十點前就能抵達宇田路。

這個選擇確實不錯。雖然這不是壞事，但我總覺得有些可惜。

所以——

「……我們要不要搭新幹線過去看看？」

我想了一下後，向春珂如此提議。

「咦？新、新幹線！」

春珂突然大聲叫了出來。

旁邊的客人驚訝地看過來，她趕緊摀住嘴巴。

「你說要搭新幹線，是不打算搭飛機的意思嗎……？」

「對。現在應該還能從東京搭新幹線前往北海道吧？」

「咦，嗯、嗯……是這樣沒錯啦……」

「所以我想問看看妳的想法。」

「這、這個嘛……我也不知道。我好像從來沒搭過往北海道的新幹線……」

春珂脫掉身上那件羽絨外套，把它緊緊抱在胸前。

「雖然票價跟機票差不多，不過好像會花不少時間……光是搭新幹線抵達北海道的時間，可能就要四個小時了。從車站前往宇田路應該也得耗費不少時間……考慮到末班電車的時間，我們可能得先住一晚，明天才能前往宇田路……」

「嗯，我就知道會這樣。」

跟我想的一樣。

於是，我再次點了頭。

「我們要不要試著放慢腳步？我當然想請妳們帶我在那裡四處逛逛……但我也想好好享受跟妳們一起前往北海道的過程。」

——我覺得這些經驗全都會成為珍貴的寶物。

之後幾天，我跟秋玻與春珂一起度過的短暫時光，應該都會成為無法取代的難忘回憶……既然如此，就不需要那麼看重效率與時間成本了。該怎麼好好感受這段時間？該怎麼找出這些行動的意義？這些才是我要考慮的問題。

如果是這樣，我想親身去體會。

我想感受她們兩人的故鄉與東京之間的距離。不是搭飛機輕易跨越，而是透過搭乘電車這種沒效率的手段。我想細心品味，用身體確認這兩個地方確實緊密相連。

「這樣啊……」

春珂點了頭後，低頭陷入沉思。

她看起來像是能理解我的心情，但還沒能下定決心。

也難怪她會不安。於是，我拿出手機查詢路線。

「我剛才查過了，如果我們搭新幹線過去，應該明天上午就能抵達宇田路。」

我這麼告訴在不知不覺中跟春珂對調的秋玻。

「這樣會讓我們沒時間在街上逛嗎？」

「……不，這倒是沒問題。」

聽了我的問題，她輕輕搖頭。

「因為沒人知道會發生什麼狀況，醫生安排的時間並沒有抓得很緊……只要我們能在當天晚上抵達醫院就沒問題……想去逛的地方應該都能走遍……」

「這樣啊。嗯，那我還是想搭新幹線過去。」

我再次詢問她的意見。

「如果妳願意，要不要試看看？」

「……也好。」

秋玻想了一下後，笑著如此回答。

「這樣似乎也很有趣……」

*

——當新幹線通過仙台站，窗外的天色已經變得很暗。

太陽下山是其中一個原因，但建築物大幅減少，也讓肉眼可見的燈光變得很少。

一片漆黑的車窗外，只有一些偶爾閃過的微弱燈光。

這幅光景讓我想起小時候看過的《銀河鐵道之夜》這部動畫，心情變得既悲傷又懷念。

我還在不知不覺中把搭乘同一輛列車的乘客都當成同伴。

我們坐在同一個車廂裡，在黑暗的東北地區移動。在冰冷的車內燈光照耀下，有些人看著手機，有些人在讀書，有些人在睡覺。

總覺得這裡就像是雨天的教室，瀰漫著一種連帶感，讓我再次看向身旁的秋玻。

秋玻正茫然看著窗外。

我們之間的對話變得比平時還要少。

一方面是因為我們都想仔細感受這段時間與風景，但也是因為我們都累了吧。

她注意到我的視線，輕輕笑了出來。

「矢野同學，你說得對，搭新幹線才是正確的……如果坐飛機，這趟旅程就會變成都在趕時間了。」

「聽到妳這麼說，我就放心了。我一直很擔心這樣耗費太多時間，可能會讓妳感到不開心……」

「雖然屁股有點痛就是了。」

說完，秋玻再次笑了出來。

然後她看向窗外。

「不過，也是。」

她眼裡反射快速飛逝的光芒，小聲說出這句話。

「現在我知道北海道跟西荻之間的距離了——」

*

「——喔、喔喔……！好冷……！」

「你看！我早就跟你說過了吧！」

新幹線準時抵達終點站，也就是新函館北斗車站。

現在快要晚上十點了。

我們這時已經看膩青函隧道裡的漆黑風景，腰也快撐不住了。

我跟春珂一起下車——因為空氣的轉變而發出驚訝的叫聲。

「嗚哇，不會吧！氣溫竟然差這麼多！」

我試著吐了口氣，結果呼出一陣白煙。

「這裡根本就是冬天吧。看來確實需要用到防寒用品……」

我趕緊穿上買來的羽絨外套，同時環視周圍。

車站外面已經變得一片漆黑，而且到處都看得到積雪。

現在是四月上旬，照理來說已經算是春天。事實上，在東京只要多穿件外套就足以禦寒，有時候甚至會因為溫暖的天氣滿身大汗。因為我帶著那種感覺搭上新幹線，又在開了空調的車廂裡度過一段時間，完全沒注意到氣溫的變化。

「原來如此……這就是北海道……」

這種感想跟寒冷的空氣此時一起充滿我的胸口。

我們在新幹線上度過一段很長的時間……這就代表我們移動了同樣遙遠的距離。這段距離甚至長得足以讓氣溫改變這麼多……

「我們先去飯店吧～～」

春珂邊說邊在月台上前進。

「明天早上要搭六點的車子不是嗎？我們先去車站或附近的商店買好早餐，就直接去飯店吧！」

「呃……嗯，就這麼辦……」

我繼續沉浸在「自己來到北海道」的感動中，追著春珂的腳步。

不過，先買好早餐是對的。我不確定明天早上是否有時間買早餐，趁現在先買好確實比較好。

在搭乘月台電扶梯往上的同時，我發現自己的心情也自然興奮了起來。

我記得北海道有間很受歡迎的便利商店。明明只在「道內」、「埼玉」與「茨城」有分店，卻因為良好的服務與美味的食物，成為全國知名的連鎖商店。我們可以去那間便利商店買早餐，在車站裡的特產專賣店買早餐或許也是不錯的選擇。

這趟旅行的目的，就是讓我們享受三人共處的時光。

為了前往她們兩人的故鄉，在那裡對話與思考，我們才會擺脫大人，三個人自行來到這裡。

可是，好好享受這種普通旅行的樂趣應該也不是壞事。

北海道有許多美食，讓我充滿期待。

然而——我這樣的想法，抱持的些許期待……

「……店都沒開耶。」

「是、是啊……」

在走出驗票閘口後徹底幻滅。

——商店都關門了。

車站裡附設的當地食物專賣店早就打烊休息了。

仔細想想，現在已經將近晚上十點。雖然我還以為自己身在東京，但這種鄉下地方的商店印象中確實都很早關門。糟糕，我應該做個事前調查。

而且……

「啊啊～～……」

「一片漆黑耶……」

我們走出車站。

面對眼前漆黑的夜景——我跟春珂完全愣住了。

這不是比喻，而是真的一片漆黑。

只有我們身後的車站，以及車站旁邊那間今晚要住的飯店亮著燈光。除此之外，頂多就剩下遠方的獨棟公寓還有燈光。

這裡連建築物都沒有幾棟。我還以為這裡就跟函館附近的觀光勝地差不多……結果完全不是那樣，比較像是一個位在農業小鎮裡的車站。

對了，我記得好像看過這樣的新聞報導。據說北海道新幹線之後還會繼續延伸，目前的終點站新函館北斗車站周邊地區還在開發當中……

「我們的早餐……該怎麼辦？」

「就是說啊。」

我們無計可施，垂頭喪氣地在車站附近亂晃。

「要不要去找看看還有沒有其他商店？我們可以離開車站，到鬧區找找看……」

「不，在這種黑暗中行動很危險吧？雖然可以用手機看地圖，但天色暗成這樣還是很危險……」

當我們還在猶豫不決的時候，已經來到今晚要住的飯店門口。

現在該如何是好？不然我們先去登記入住，明天再去買食物吧……正當我如此盤算的時候——

「……啊，這裡有便利商店耶！」

春珂叫了出來。

「喔，真的嗎！」

仔細一看——門後確實有間小小的便利商店。我還看到店裡擺著收銀機，以及放置食物的貨架。

「太好了！我們就在這裡買吧！」

「喔，好，就這麼辦！」

春珂如此提議，我點頭表示贊同。

雖然不是那間連鎖店，這種時候也沒得挑了。

至少不用餓肚子就該謝天謝地……

可是——

「……嗯？」

當我們準備走進商店時，春珂突然發出驚呼聲。

「……營業時間是……早上七點到晚上十點……」

她說得沒錯，這間店的自動門上就是這麼寫的。

『營業時間　7:00～22:00　全年無休』。

……也對，就算是便利商店，也不見得都是二十四小時營業。

就算是在東京都內，也有不少晚上休息的便利商店……

不過……有件事讓我很在意。

……晚上十點……打烊。

這個打烊時間好像有點早……

「……矢野同學，現在幾點了？」

聽到春珂這麼問，我戰戰兢兢地拿出手機確認時間。

螢幕上顯示的時間是——

「……唔哇，九點五十七分！」

「咦咦！只剩下三分鐘嗎！」
「我……我們快點買一買吧！」
「嗯……嗯！」
我們趕緊衝進店裡。
迅速前往食物販售區，拿了些口味獨特的飯糰和茶飲。

＊

「——是這個房間啊……」
「對……對不起……」
在飯店大廳拿到鑰匙後，我們來到房間。
還來不及放下肩上的包包，這個新的問題就讓我忍不住抱頭苦惱。
「呃，早在拜託春珂訂房時，我就猜到會這樣，櫃檯人員剛才也是這麼說的……」
我再次環視房間內部——
「想不到……她真的訂了一大床雙人房……」
春珂的確說她「訂了兩個人的房間」。

我當時認為她應該會訂兩間房間，就算她想惡作劇，故意只訂一間房間，裡面也會有兩張床。換句話說，我還以為會是兩小床雙人房。

可是——我眼前只有一張很大的雙人床。

這是一間讓兩個人同床共枕的一大床雙人房——

……哎，這樣不太好吧？

讓一對高中生男女睡在同一張床上，還是有問題吧……

「其、其實……春珂本來似乎是打算訂兩小床雙人房。」

秋玻不知為何開始辯解，像在為自己找藉口。

「她只打算訂一間房間，卻又覺得兩個人睡同一張床不太好，便找找還有沒有空的兩小床雙人房……結果因為我們當天才訂房，所有房間都客滿了。我們剩下的選擇就只有一人住一間一大床雙人房，或是兩個人一起住一間……結果就變成這樣了。」

「算了……這不是妳該道歉的事情……」

因為犯人始終是春珂，秋玻沒有任何過錯。

不過——

「……唉……」

我一邊嘆氣一邊環視屋內。

這間飯店似乎才開幕沒幾年，裝潢充滿現代風格十分洗鍊，整體設計也很美觀。床上的床單與棉被看起來幾乎是全新的。

看到偶然入住的飯店房間這麼漂亮，照理來說應該會讓人感到開心。

可是……

「……」

「……」

現在畢竟是這種狀況。

如果必須跟秋玻與春珂在這裡過夜，就讓我覺得這個房間莫名地煽情。

總覺得飯店是為了讓我們更興奮，才會把房間布置得這麼漂亮……

「……我們是不是應該再去訂一間房間……」

秋玻偷偷觀察我的表情，做出這樣的提議。

「如果現在馬上去櫃檯，應該還訂得到房間。只要再多訂一間，我們就不用一起睡了……」

沒錯，這也是一種解決方法。

這間飯店似乎沒有單人房。如此一來，現在最合理的做法就是再訂一間房間。

……不過，這趟旅行到目前為止已經讓她們花掉不少錢了。

就算我以後會還給她們，我們也已經花了新幹線的車票錢與飯店住宿費，明天前往宇田路也要花錢。我不清楚她們的存款有多少，但一間雙人房的住宿費肯定不便宜。繼續讓她們出更多錢，我實在過意不去。

因此，我交叉雙臂想了一下。

「……算了，還是就這樣吧。」

最後打消念頭，把包包擺在旁邊的桌子上。

「現在還去忙那些事，也只會耗費更多體力，我們明天還要早起……乾脆就保持現在這樣吧。」

秋玻一臉意外地看著我。

她睜大眼睛，像是完全沒想到我會這麼說。

「啊，抱、抱歉，難道說，妳不喜歡這樣？」

「……啊！不、不是……我沒有不喜歡……」

「那是怎麼了？」

「因、因為……我以為你肯定會說要訂其他房間。」

「這個嘛……雖然那麼做比較好，反正現在這樣也不會有問題。」

我邊說邊拿起飯店的導覽手冊。

原來這間飯店還有大浴場，那我睡前就去一次看看吧。

「這張床相當大，而且我晚上也不打算對妳亂來。」

雖然我心裡肯定會覺得怪怪的，精神上也可能會感到疲憊。

畢竟秋玻與春珂就睡在旁邊，我應該無法保持平常心。

不過，現在也顧不得那麼多了。為了明天的計畫，我們現在必須早點就寢。

然而——

「……這可難說。」

……聽到這句話，我很自然地轉頭看向秋玻。

「雖然你可能不會那麼做，但沒人能保證不會出事。」

她的表情莫名嚴肅。

像是被某種想法困住，拚命在忍耐一樣。

……我突然想通了。

秋玻肯定——是擔心春珂會對我亂來。

「……哎，她應該不至於會那麼做吧。」

於是，我對她露出笑容，試著讓她放心。

「我也覺得她應該會有所行動……但妳們現在每隔十分鐘就要對調一次，應該也沒辦法做些什麼吧。」

人格對調的速度快到這種程度就算了，現在的她們還能共享彼此的記憶。

春珂應該無法做出比過去亂來的行為，我也不認為她會做那麼大膽的事。

不過，秋玻的表情還是一樣鬱悶。

她反倒露出更加自責的表情，低頭看向下方。

「……是嗎？」

小聲說出這句話後，她看向飯店的導覽手冊。

「……那我要去洗澡了。」

「噢，妳要去大浴場對吧？我也要去。」

「這樣啊，那我們先把貴重物品收好吧——」

如此討論後，我們並肩前往大浴場。

*

——現在完全是包場狀態。

這裡有寬廣的室內浴池，以及露天浴池。

在這間分為兩個區域的大浴場裡，看不到其他客人的身影。

仔細想想，現在已經快要十一點了，也不是觀光季，沒人也很正常。

既然沒有別人，我決定在這裡慢慢消除忙了一整天的疲勞。

「……呼～～……」

把身體洗乾淨後，我整個人泡進露天浴池裡。

我在面談過程中一直很緊張，跟秋玻與春珂對談時也是全力以赴，在來到這裡的路上又徹底耗盡了體力。

我真的很久不曾累成這樣了……

熱水的溫度滲入疲累不堪的身體，舒服得令我有些感動。

沉浸在這種無法抗拒的快感中，我想起今天發生的一切。

「……今天真的發生了很多事。」

仔細想想，直到今天中午為止，我都還處於迷失自我的狀態。

我不知道「矢野四季」到底是個什麼樣的人，也不曉得自己該扮演什麼樣的角色。

……不，正確來說，這點現在依然沒有改變。

我現在依然不知道自己是個什麼樣的人，也不知道該怎麼做才有自己的風格。

不過，我現在覺得這樣就夠了。

因為眼前有個更嚴重的問題。

秋玻與春珂已經註定有一方將會消失。

既然如此，不管我是個什麼樣的人，都只要加以利用就夠了。

不管是霧香口中那個蠻橫的我、秋玻口中那個纖細的我、春珂口中那個有些壞心眼的我、細野口中那個帥氣的我，還是其他人口中的我，只要能在這種情況下派上用場就夠了。

到底哪個才是真正的我這種問題，以後再來慢慢思考就行了。

所以，當前最重要的問題——

「……還是該如何答覆她們吧。」

我泡在浴池裡，一個人自言自語。

我現在心中十分掙扎。

一邊是非得選擇其中一方的強烈使命感。

另一邊是對於「選擇」這件事的強烈抗拒感。

我很肯定自己愛著某人。

可是，要我在她們兩人之中做出選擇肯定是個錯誤。

這到底是怎麼回事？

難道這代表我真的同樣愛著她們兩人嗎？

我有可能同樣愛著秋玻與春珂。

我覺得這很接近真正的答案，但又好像有些不對。因為如果真的是這樣，我只需要誠實說出自己的想法，而且也只能接受這個結果。可是，我總覺得好像不是這樣。

我毫無疑問只愛著「一位女孩」。

「……一位女孩。」

這句話讓我很自然地想起那場夢。

就是我在班級聚會當晚作的那場夢。我在夢裡墜入愛河，對既非秋玻也非春珂的某人懷抱著強烈的情感……

我覺得答案就藏在那場夢裡。

總覺得那場夢反映了我的真實想法。

如果是這樣……那女孩到底是誰？

那女孩是什麼人？她身在何處？我又是在什麼時候遇見她的……

「……差不多該起來了……」

當我回過神時，自己已經在浴池裡泡了很久。

要是繼續泡下去，感覺應該會泡到昏頭，而且明天還要早起。

還是適可而止比較好。

在離開浴池的同時，我開始在腦海中擬定明天的計畫。

＊

「──所以，我們明天五點半起床，然後就去搭六點二十分的首班車。」

我在床上一邊忙著用手機記下備忘錄，一邊對秋玻這麼說。

「嗯，我明白了。」

秋玻也同樣記下備忘錄，同時一臉嚴肅地向我點頭。

「雖然這麼早出發有點辛苦，這樣我們在十一點之前就能抵達宇田路了。還有，在電車裡應該也能睡一下，我們就在車上補眠吧。」

「也對，在車上應該可以睡很久……」

時間已經將近半夜十二點。

我回到房間，等秋玻與春珂也回房後，就立刻確認明天的行程。

我成功按照之前的想法，規劃出能在中午之前抵達宇田路的行程。

這樣我們三人應該就能在宇田路的街上慢慢閒逛了。

看過手機的地圖後，我發現宇田路似乎是個被山與港口環繞的小型城鎮。

雖然最近有許多來自亞洲各國的旅客，讓這裡變成一個還算熱門的觀光景點，但因為這裡的景點較為集中，以至於跟當地居民的生活圈完全重疊。只需要從中午到晚上的半天時間，應該就能逛遍她們兩人懷念的地方。

所以我們明天千萬不能睡過頭，絕對不能遲到。

當我們都收拾好東西，做好隨時都能退房的準備後，決定盡可能多睡一些。

「……我們差不多該睡了吧。」

「……是啊。」

聽到我這麼說，秋玻也表示贊同。

我們一起躺在床上，蓋好棉被閉上眼睛。

——心臟當然馬上開始越跳越快。

秋玻的體溫就在旁邊。

不知道是洗髮精還是什麼的香味搔弄著鼻腔……

仔細想想，秋玻與春珂現在穿得有點少。

雖然穿著飯店睡衣，前襟只有用繩子綁住。

而且……她現在沒穿內衣。

她剛才似乎把內衣拿到房間裡的浴室洗好晾起來了。因為她把內衣掛在浴缸上面，還拜託我不要拉開浴簾。

換句話說，她們身上現在只有一塊布……

……這樣還要我保持冷靜反而是強人所難吧？

她們可是我喜歡的女孩，而且現在毫無防備地躺在我旁邊，我怎麼可能保持冷靜。

——然而……

「……」

睡意一口氣湧上來，蓋住了我的視野。

今天一整天累積的疲勞化為睡魔向我襲來。

原來如此……

我已經累到……在這種情況下都睡得著了……

當我這麼想著的時候，意識也迅速變得模糊。

甜美的睡意占據了腦海。

我就這樣放任睡意，讓睡夢中的飄浮感支配身體——

＊

——睡夢中，我感覺到床在震動。

就好像旁邊有人在動，就是那種床墊晃動的感覺。

我的身體也跟著微微晃動。

……有一瞬間，我還以為到了該起床的時間。

雖然感覺過得很快，現在或許已經天亮了。

可是……鬧鐘好像還沒響……為了保險起見，我們設定了飯店房間裡的時鐘，以及我們兩個的手機，應該不可能沒設好鬧鐘。

我應該還能繼續睡吧……

我在半夢半醒之間得到這個結論，再次準備陷入沉睡。

就在這時，我聽到微小的脫衣聲。

然後，從床墊傳來比剛才還要強烈的震動。

接著——我感受到一股重量。

有某種東西壓在仰躺著的我的腰際上。

——我緩緩醒了過來。

迷迷糊糊的腦袋開始變得清醒，讓我搞懂「那個重量」是什麼東西。

即便隔著薄薄的棉被，我也能感受到那種柔軟的感觸，聽到細微的呼吸聲。

那股重量非常明顯，也很有存在感。

然後——

「……矢野同學……」

我聽到她——秋玻的聲音。

「欸，矢野同學……」

聲音聽起來非常哀傷。

那是彷彿隨時都會哭出來，痛苦得難以忍受的聲音。

——我再也無法裝作視而不見。

我肯定無法當作什麼事都沒發生。

我怯怯地睜開雙眼。

——我看到秋玻騎在我身上。

——而且身上一絲不掛。

透過窗簾射進來的藍光照亮屋內。

在藍光的照耀下，我能清楚看見秋玻的身體曲線。

我看見那張泫然欲泣的扭曲臉龐，以及底下的纖細脖子。

我還看見有如大理石雕像的鎖骨，還有——胸前隆起的雙峰。

那兩座緩緩隆起的山丘都有著一手無法掌握的大小。左右兩個乳房的形狀看起來不太一樣，在我右邊那個稍微大了一些。

然後是有著淡淡的顏色，微微膨脹的尖端——

——我還以為自己在作夢。

秋玻的裸體現在就在我眼前。

我曾經想像過，也曾經撫摸過，還曾經差點看到過。

可是，我還是頭一次像這樣親眼看見，而且她的裸體遠比我想像中的還要美麗又性感——

彷彿置身夢境的感覺，遠遠強過現實感。

我無法完全接受眼前的景象。這景象就像是顯示在螢幕上的女性裸體，給我一種不太真實的感覺。

可是，我又繼續往下看。

我看到有些隆起的腹部，以及有如細長切口的肚臍。

我還看到連接在左右兩側的光滑大腿與下腹部。

那裡可以看見嫩草般的毛髮，以及從毛髮中隱約露出的東西。

——啊，這裡是現實。

我明確體認到這個事實。

我現在眼前有女性的裸體。

那是構造跟我不同，卻有著明確強度的生物軀體。

而她現在正懷著強烈的意志來到我的面前。

「……來做吧。」

秋玻如此說道。

「這可能是最後的機會了。我們來做吧……」

這句話——讓我爆發強烈的慾望。

那股興奮化為熱流，充滿我的全身。

那副美麗軀體的主人正渴求著我。

拜託我把自己的慾望全都發洩在她身上——

——這是一股強烈的衝動。

我想立刻觸摸那副軀體。我想用嘴親吻，想玩弄那些纖細的地方，觀察她的反應。我想發洩自己的慾望，想知道自己能和那副軀體一起得到多少快感。各種下流的想像在一瞬間閃過腦海。

「……你知道嗎……」

秋玻拉起我的手。

然後按在自己的右胸，也就是她的乳房上。

「其實我一直想要這麼做……」

從掌心傳來光滑柔嫩的觸感。

我確實感受到冰涼的皮膚與底下的體溫。

這是人類的身體。我作夢都會夢到的秋玻的胸部就在這裡。這毫無疑問是她身體的一部分。

「我喜歡你，我們每天都一起度過，讓我變得很想跟你接吻，想被你愛撫，還想跟你做這種事。連我自己都嚇了一跳。我不曉得自己竟然對這種事感興趣。」

秋玻又拉起我的左手，同樣按在自己的胸部上。

「不過，我不想主動提出這種要求，因為要是被你拒絕，我肯定會很難過。所以，

我應該不用繼續忍耐了吧？」

——就在這時……

我的指尖碰觸到她乳房的尖端。

秋玻的身體抖了一下，還小聲叫了出來。

然後——她用泫然欲泣的表情注視著我。

「來做吧……」

還用幾乎聽不見的聲音這麼說。

「拜託你跟我做……」

——那股熱流快要讓我的身體徹底融化。

那已經不是個人意志，而是一種精神暴力了。我徹底體會到生殖是人類的本能。

可是——

在此同時，我的腦袋依然保有一絲冷靜。

即便在這種情況下，腦袋裡還是有一小塊異常冷靜的地方。

發現這件事之後——我的思緒一口氣爆發開來。

面對這股難以壓抑的慾望，我不斷做出客觀的判斷。

——如果我現在跟秋玻發生關係，應該不會有人責備我吧。

不會有人知道這件事。就算有人知道了，應該也不會強烈否定我們的行為。

或許我反倒——應該做這件事。

因為這可能是秋玻人生中最後的心願。

如果想回應她，我或許應該實現她的心願。

可是——我覺得這麼做是錯的。

我不是不想做，反倒是非常想要這麼做。

我想回應她的感情，無論如何都想幫她實現這個悲傷的心願。

不過，就是因為這樣，我才覺得我們應該在更適合的時間點做這件事。

我們註定要合而為一的時刻肯定會到來。

可是——我們現在還沒走到那一步。

我不知道自己為何會有這種想法。

不過，我非常確信。我們還有一樣必須找到的東西。

——我挺起身體，緊緊抱住秋玻。

她纖細的肩膀與冰冷的肌膚抖了一下。

然後——

「抱歉。」

當我說出這句話時，她停下了所有動作。

「我現在還不能這麼做。」

所有聲音都離我遠去。

我只能聽到我們兩人的呼吸聲。

「現在肯定還不是時候。我覺得那一刻還沒到來。」

——我也不認為這個理由能夠說服她。

毫無疑問，我現在讓她受傷了。我過去從來不曾這麼強烈地踐踏她的心願。

「所以，希望妳相信我。」

我放開秋玻的身體，對已經哭出來的她這麼說。

「希望妳相信我，我們現在必須忍耐。那一刻遲早會到來——」

秋玻沒有答話。

我也不知道還能對她說些什麼。

所以，我覺得自己至少應該記住。

我要記住秋玻在飯店裡赤裸哭泣的樣子。我不能忘記自己傷害過她的事實，以及她現在的表情。

——就在這時，秋玻短暫低下頭。

她的身體突然放鬆，給人的感覺也變了。

然後——與她對調的春珂現身了。

「……嗚喔喔喔～～……！」

發現自己一絲不掛後，她慌張地用棉被遮住身體。

「抱歉，我知道發生了什麼事……但突然赤身裸體，還是讓我嚇到了……」

「對……對不起！」

我也趕緊轉過頭。

「妳說得對，畢竟那不是妳的意思……我、我不會轉頭，妳快點把衣服穿上……」

……是說，仔細想想，我實在搞不懂秋玻到底想做什麼。

就算我願意實現她的願望，也沒辦法只在她現身時進行吧？要是在春珂現身時，我們正好做到一半，她又有何打算？這不就等於我未經同意就對春珂亂來嗎……？

——然而……

「……不過，算了。」

春珂小聲地這麼說。

然後，她放開遮住自己身體的棉被。

「畢竟我也……打算跟秋玻一起跟你做那件事……」

——這句話讓我頭皮發麻。

她竟然說想跟秋玻一起跟我做那件事。

這到底是什麼情況……原來她們兩個打算做出這麼亂來的事情嗎……

……不過，原來如此。

這就表示她們可能都深陷於煩惱之中。

面對人生的終點，她們已經顧不得倫理道德與嫉妒心的問題了。

既然如此，我現在不但傷害了秋玻，也傷害到春珂了吧。

我在無法給出充分理由的情況下，拒絕實現秋玻與春珂的心願。

我不認為這麼做是錯的。即便同樣的情況再次發生，我還是會做出同樣的選擇吧。

可是——我確實拒絕實現她們的願望。

那我就必須找到不會讓這個決定白費的未來。

我必須在明天找到足以讓她們接受的答案……

「……矢野同學。」

正當我努力別開視線時，春珂喊了我的名字。

「把頭轉過來。」

「……妳說什麼？」

春珂現在應該依然全身赤裸。

她剛才明明那麼害羞，怎麼會對我說出這種話……

「……你看過秋玻的裸體了吧？」

也許是察覺到我心中的疑惑，春珂一臉不滿地這麼說。

「你是不是看過她的胸部跟那裡了？」

然後，春珂探頭看向我的臉。

「那我要你也看看我的。」

——我突然想起以前看過的小說。

那是一位得重病的十五歲女孩，想在失去前讓男孩看看自己身體的故事。

春珂現在或許就是懷著那種心情吧。

她可能是想在最後讓人看看自己的一切。

下定決心後——我緩緩轉頭看向春珂。

即便房裡光線昏暗，我也知道春珂的臉紅透了。

而她的裸體也毫無隱藏地出現在我眼前——

——一種不可思議的感覺。

她的身體應該跟秋玻一樣才對。她們兩人共用同一個身體，兩者是完全相同的東西，照理來說應該毫無分別。

然而，她的身體看起來似乎比較豐滿。

總覺得她的胸部、腹部與大腿，都變得比剛才還要圓潤柔軟。

「……嗯……」

光是被我盯著看似乎讓春珂感到不滿——於是她拉起我的手。

然後按在自己的胸部上。

「……你剛才也對秋玻這麼做了吧？」

春珂對我這麼說，彷彿這是她理所當然的權利。

「那我也要被你摸……」

——就連摸起來的感覺也不一樣。

她跟秋玻的胸部柔軟度好像也有所不同。

比起秋玻光滑冰涼的胸部，春珂的胸部更柔軟也更溫暖。

我不知為何覺得自己在做非常下流的行為。事實上，這種行為或許真的很下流吧。

我竟然接連撫摸兩位女孩的身體。

——也許是因為意識到這件事……

「……嗚嗚……」

我的忍耐——終於到了極限。

老實說……很煎熬。

遇到這種情況卻什麼都不能做，實在太痛苦了……

我也有那方面的慾望。而且就跟正常的十多歲男生一樣，對那種事有強烈的慾望。

秋玻剛才說她一直很想做這種事，其實我也很想。

我反倒有信心自己的那種慾望比她更強。就連那些令人難以啟齒的行為，我都在腦海中想像過無數次了。

所以——

「……嗚唔……」

好痛苦。

在這種情況下卻什麼都不能做，做出這樣的決定，讓我懊悔得快要昏倒。

「……你、你沒事吧？」

春珂似乎注意到我的變化。

她放開我的手，探頭看了過來。

「你、你怎麼了……？」

「不、不……我只是……」

說出這句話後，我發現自己的聲音抖得很厲害，忍不住想笑。

「只是……快要撐不住了……」

春珂露出不解的表情。

可是，她很快就搞懂我這句話的意思。

「……這樣啊……」

說完，她露出有些寂寞的笑容。

「那麼……我們該睡了吧。畢竟明天還要早起……」

「嗯，是啊……」

我看向時鐘，現在已經超過半夜兩點。

我們頂多只能再睡三個小時。

「對不起，把你吵醒了……」

春珂邊說邊爬到床上，坐在我的旁邊。

「矢野同學，我們明天再聊吧。」

「嗯……」

「對了，我會就這樣裸睡，如果你想做了，可以直接下手喔。」

「……拜託妳別鬧了。」

我忍不住如此抱怨。春珂露出淘氣的笑容。

這女孩果然發現了。

她知道我為何如此痛苦，也知道該如何讓我嘗到更多痛苦。

所以這是——春珂對我小小的反擊。

因為是我先傷了她的心。

「那……晚安……」

「嗯，晚安……」

互相道過晚安後，我們再次回到夢鄉。

雖然我擔心自己很可能就這樣醒到天亮——結果我意外地很快就睡著了。

＊

——隔天早上五點半。

三個鬧鐘同時響起。

因為音量太大，讓我跟秋玻都慌張地爬起來——

「唔喔喔……！」

「哇，嚇我一跳……」

在清晨陽光的照耀下，我們連忙把手伸向手機與飯店裡的時鐘。

──就在這時，我想到一件事。

「……！」

我猛然轉頭看向秋玻。

我記得春珂昨晚應該是直接裸睡。

如果是這樣，在這個明亮的房間裡，秋玻現在應該沒穿衣服──

然而──

「……嗯？怎麼了？」

……她有穿衣服。

秋玻身上穿著有些俗氣的飯店睡衣。

那件茶色的飯店睡衣一點都不性感……有點像醫院的住院服……

她似乎注意到我的視線。

「……我穿上了啦……」

秋玻不滿地噘起嘴唇，對我這麼說道。

「我發現自己沒穿衣服，就趕快重新穿上了……」

「……喔，原來如此。」

——我如此回答。

我發現自己還想再看一次，心裡想著如果讓我再看一次，這次恐怕就忍不住了，同時深深地嘆了口氣。

看到我的這種反應……

「矢野同學，我們快點準備吧。」

秋玻像是已經忘記昨晚的事，傻眼地笑著催促我。

「動作快！再過五十分鐘就要出發了！」

第四十一章
Chapter.41

【手宮受虐之旅】

「——真壯觀……」

「……是啊……」

完成飯店的退房手續後，我們再次來到新函館北斗車站。

來到月台上，鐵路後方的景色讓我們倒抽一口氣。

——太陽從山頂上露出頭來，金色的陽光照耀著清晨的北海道。

濃濃的白煙從還留有積雪的田地升起。

那些白煙甚至飄到我們身處的月台，讓周圍染上有如奇幻世界的色彩。

「昨晚一片漆黑，看得不是很清楚，可是……」

我明確感受到湧上心頭的感慨，小聲這麼說道。

「這裡真的很遼闊……」

因為我們離開東京時太陽已經下山，在旅途中沒能看清楚沿路的風景。

自從抵達北海道後，我的主要感想是這裡很冷。前往飯店的路上也是一片漆黑，讓我搞不清楚自己身在什麼樣的地方。

可是——我現在放眼望去，只看到一直延續到山腳下的農地。

到處都是混著砂石的積雪，以及零星散落的民房——

這片寬廣的土地與雄偉的光景，讓我體認到這裡跟我出生長大的城鎮完全不一樣。

我不是頭一次跟秋玻與春珂出來旅行。

我們在教育旅行時去過關西，在生駒山上遊樂園俯瞰的大阪街景至今依然烙印在我的腦海裡。

即便如此——這幅光景仍舊讓我有不同於當時的感慨。

——我們來到了相當遙遠的地方。

「啊，車子來了……」

與春珂對調後，秋玻如此說道。

她說得沒錯，我已經能看到從鐵路另一端開往這裡的列車了。

「我們先搭那班列車，坐三個半小時到札幌……如果有這麼多時間，應該還能睡一覺……」

秋玻忍不住小聲打呵欠。

看著她打呵欠的表情——我不發一語，再次陷入沉思。

——現在差不多是五分鐘。

秋玻與春珂現在每過五分鐘左右就會對調。

而且這個時間縮短的速度相當快。

我們今天早上起床的時候，她們兩人對調的時間是六分鐘多一點。

換句話說，每過一個小時，對調時間就會縮短一分鐘左右——

「……好了，我們上車吧。」

列車抵達後，秋玻趕緊走了進去。

我也跟著上車——心裡想著一個問題。

當我們抵達宇田路，也就是她們的故鄉時，秋玻與春珂到底會變得如何——

*

——我眺望著駒岳的風光，列車從大沼國定公園的旁邊通過。

我頭一次聽說這個公園的名字。在美得令人失神的森林裡，有一座寧靜的湖泊，與其說是日本，或許更像是北歐才有的風景。

這裡的景色如此美麗，我卻連名字都沒聽說過。這種名勝景點在北海道或許多到數不清吧。

剛剛才跟秋玻對調的春珂很快就在我旁邊進入夢鄉。

春珂隨著列車的震動搖晃，朝陽照亮她美麗的臉龐。

她們兩人睡眠不足的程度肯定遠勝於我。我還是讓她好好睡一覺吧。

列車在駒岳周圍繞了一大圈，這次換成以右側面對內浦灣行駛。

之前不知道是秋玻還是春珂曾經說過「北海道的海，顏色跟本州的海不一樣」。

我現在看到的海水，色調看起來確實比東京的海水寂寥些。海邊的空地看似沒經過太多整理，偶爾還能看到漁業用的浮標和漁網。那種令人不安的光景，讓我覺得自己跟秋玻與春珂的羈絆更強了。

當列車駛過苫小牧，鐵路也開始從海邊轉往內陸。列車穿過還留有積雪的森林，在駛過南千歲站之後，沿途的風景也變得越來越像都市。

然後——

「……啊，我們好像快到了。」

秋玻醒了過來，對我如此說道。

不久後，列車就抵達札幌了。

「抱歉，我」「路上幾乎都在睡……」

「……沒關係，妳不用道歉。」

在對她們兩人的對調速度感到震撼的同時，我努力不讓這種感情表現在臉上，對她們兩人露出笑容。

「我們要在宇田路走很多路，妳就趁現在盡量養足體力吧。」

我們一邊討論一邊下車，改搭前往宇田路的快速列車。

雖然在月台上看到的札幌街景跟我居住的東京很像……不知道為什麼，或許是因為車站的結構與裝潢給人的感覺，以及周圍殘留的積雪，讓我隱約感受到有別於東京的氛圍。

開往宇田路的列車緩緩駛離札幌站。

不知道是因為區間還是時段的問題，比起那班從新函館北斗站出發的空蕩列車，前往宇田路的列車有不少乘客。

如我所料，來自亞洲各國的觀光客很多，但看似當地居民的乘客更多。不但有穿著西裝的上班族，還有疑似正在放春假，年紀跟我們差不多的年輕人。太好了，這樣我們看起來就不會太醒目了……

列車沿著石狩灣行駛，穿過海邊與港灣地區。

「——哇啊，真是」「懷念。」

「我們的學校」「就在那邊！」

列車駛進繁榮的宇田路市區。

這裡有年代老舊的建築物，以及淡淡陽光照耀下的質樸風景。這種年代久遠的地方都市景色，不知為何讓我感到懷念。

在這種風景中行駛幾分鐘後，列車順利抵達宇田路車站。

我們離開札幌過了三十分鐘。因為我們在那之前搭乘開往札幌的列車超過三個小時，感覺一下子就到了。

然後——我們在宇田路站下車。

「……我們到了。」

「是啊……」

我們這麼說著，從樓梯走下月台，穿越驗票閘口。

然後，我們走過現代風格的麵包店與特產專賣店之間——走出復古的車站。

「……就是這裡嗎？」

「嗯……」

——眼前就是宇田路的街道。秋玻與春珂出生長大的故鄉就擴展在眼前。

我看到車站前方的大馬路，在馬路的盡頭隱約可見運河與大海。

觀光客前往有知名店家林立的街道。

許多號稱從明治時代就有的建築物都讓人感受到歷史的痕跡——

我們面對這樣的景色——秋玻與春珂……

對調時間變得極短的她在不斷迅速對調的同時，對我如此說道。

「矢野同學，歡」「迎光臨。」

「歡迎來」「到我們的故鄉宇」「田路——」

搔弄著鼻腔的風還是一樣冰冷，卻又隱約帶著海水的味道，讓我的眼睛好像有些刺刺的。

我們終於——抵達這個起源之地了。

*

「哇～～感覺」「好神奇喔～～」

秋玻與春珂站在車站前，讓風撥弄著一頭秀髮，微微瞇起了眼睛。

「想不到你」「會出現在」「宇田路，而且還是跟」「我們」「一起來……」

看到她露出那種表情，我也跟著環視周圍。

這裡就是我經常聽她們兩個提起，也一直想過來看看的宇田路。

我現在就身在此處。我跟秋玻與春珂一起站在這個夢想中的城鎮——

——說起來，這裡可能只是個普通的觀光勝地。

我看到有點年代卻不讓人覺得氣派的大型超市、不斷傳來豪邁吆喝聲的站前三角市場，還有八成屬於文化資產，只有電影裡才會出現的那種風格沉穩的建築物，以及才建好沒幾年的豪華小鋼珠店。

而且到處都是——混著融雪劑的積雪。

這肯定不是什麼罕見的景象。

這裡是個觀光客會喜歡，在最近經濟不景氣中努力求生，理所當然惹人喜愛的普通地方都市。

可是——在我眼中卻很特別。

眼裡看到的一切，對現在的我而言都是無法取代的寶物。

年幼的秋玻與春珂就在這裡。我所不知道的她們就生活在這個城鎮。

光憑這點，這個城鎮的一切就是我重要的寶物。不管是刺激著皮膚的寒冷空氣，還是從車站前方傳來的廣播聲、晴朗的天空顏色，都讓我暗自發誓絕對不能忘記。

「——好啦，那」「我們就先去填飽肚子」「吧！」

秋玻與春珂這麼說，在我面前邁開腳步。

「吃完早餐」「已經過了很久，你」「肚子應該餓了」「吧？」

「啊～～的確。都已經過五個小時了。」

「那我們」「去找間分量」「夠多的餐廳」「吧？」

「嗯，我也比較想去那種餐廳。我現在想大吃一頓。」

我現在肚子很餓。想到之後還得走很多路，現在最好徹底補充能量。而且那可是秋玻與春珂愛吃的故鄉美食……嗯，我無論如何都想吃吃看。我對她們小時候愛吃的東西很感興趣。

這是題外話，人們出來旅行的時候總會餓得比平常快，實在很不可思議。當我們去教育旅行的時候，我也莫名容易覺得餓，跟大家一起拚命吃各種食物……

我一邊想著這些事一邊走過行人穿越道，跟著秋玻與春珂走進站前的長崎屋。

然後，我們搭手扶梯前往地下樓層——

「就是這」「裡。」

「喔喔，哇～～……」

——最後來到一間炒麵店。

那是一間位在超市角落，走美食廣場風格的老牌炒麵店。

「哦～原來妳喜歡這種店嗎？」

老實說，我很意外。

我過去好像沒看過秋玻與春珂吃炒麵，更何況還是這種平易近人的店家……

總覺得她是那種喜歡時尚咖啡廳或輕食的人，讓我感到有些落差。

「我爸爸」「非常喜歡」「這間店～」

秋玻與春珂在櫃檯旁邊坐下，一邊這麼告訴我。

「我讀國中的」「時候，他頭一次帶我來」「這裡吃」「飯。那是我們兩人」「第一次單獨外出用餐。」

「哦～是這樣啊。」

原來如此，這裡算是她充滿回憶的店家吧。

可是，這讓我感到有些不對勁。她竟然說上了國中才首次跟父親單獨出來用餐……

……奇怪？我記得秋玻好像說過，她讀小學的時候曾經跟父親一起去旅行不是嗎？

我們教育旅行時去的生駒山上遊樂園，她不是曾經跟父親一起去嗎？

那他們兩人之前應該早就一起出去吃過飯了吧？他們應該曾經在某個地方一起用餐

才對……

……我知道了。說這句話的人大概是春珂吧。

他們父女去生駒山上遊樂園玩的時候，春珂應該還沒誕生。

如果是這樣，春珂當時或許是第一次跟父親單獨出來吃飯。

我一邊想著這種事，一邊看著店裡的菜單。

「……也太便宜了吧！」

看到寫在上面的金額，我忍不住叫了出來。

「普通炒麵三百圓、特大號炒麵三百二十圓、巨無霸炒麵三百五十圓……？而且不管要加蛋還是加叉燒肉，價格都沒差多少……這價格只有東京的一半左右吧……？」

「呵呵呵，很」「棒吧。」

看到我驚訝的樣子，秋玻與春珂露出得意的表情。

「而且分量」「十足，」「味道也」「很好。」

「原來如此，難怪岳夫先生會喜歡這間店……」

我想著這種事，點了加蛋跟叉燒的特大號炒麵。秋玻與春珂也點了加蛋跟叉燒的普通炒麵。

只過了幾分鐘，炒麵與湯就端到我們面前了。

「唔喔喔，看起來很好吃……」

眼前的餐點看上去就令人食指大動。

銀色盤子上盛著傳統的炒麵。

我看一眼就知道了。這不是那種外面賣的炒麵，而是接近於自己家裡做的價廉物美的炒麵。

不過，擺在盤子上的滑嫩半熟荷包蛋，以及直接就能當成出色配菜的叉燒肉，讓這盤炒麵變成有些特別的料理。

「這裡的」「炒麵口味較清淡，我」「建議你」「自己淋上醬汁」「調整口味。」

「原來如此，謝謝妳教我。」

我雙手合十小聲說了句「我開動了」，我們就一起開始用餐。

「嗚哇，這個超好吃耶……」

只吃了一口——我就確信自己中了大獎。

麵條充滿嚼勁，上面還沾著美味的醬汁。雖然口味確實有些清淡，只要配著叉燒一起吃，鹹度就剛剛好了。這炒麵吃起來令人懷念，還有一種特別的感覺。這些滋味完美地結合在一起，讓人就算因為旅行感到疲憊，也能大口吃下去，簡直就是最適合我們現在吃的東西。

這裡的炒麵分量充足，對我這個高中男生來說也是優點。這種程度已經不只是點心，可以算是一頓正餐了。

「呵呵呵，你」「喜歡真是太」「好了。」

秋玻與春珂在我旁邊吃著炒麵，露出幸福的表情。

然後──

「那麼，關」「於我們之後的行」「程……」

她再次轉頭看了過來。

「我已經計劃」「好」「想去的地點跟」「順序了。」

「是喔？說來聽聽吧。」

我暫時放下炒麵，喝了一口湯，同時向她們如此問道。

*

後來──我們依序前往秋玻與春珂充滿回憶的地方。

──首先是車站附近的書店。

我們一起眺望排在書架上的書背。

「哦，這裡的書相當齊全，真是不錯。而且還有宇田路相關書籍的專區。」

「我就說吧。」「我在這裡」「遇到了許」「多小說和漫」「畫。」

「這裡確實像是秋玻會喜歡的地方……喔喔，竟然有遠藤周作的隨筆集，我一直在找這本書。」

「真的」「嗎？機會難」「得，你要」「不要乾脆買下來？」

「嗯，就這麼辦吧。」

*

——我們又來到只要她遇到難過的事情就會獨自造訪的港口。

「啊～～這裡真是個好地方……」

我一邊小聲呢喃，一邊忍不住原地蹲下。

不知道是黑尾鷗還是海鷗的鳥在天上飛來飛去。

疑似油輪的大船航向遠方，灰色的雲就飄浮在上方。

總覺得這幅令人憂鬱的光景，以及在腳底下起起伏伏的昏暗大海，確實像是在撫慰我們的悲傷。

秋玻與春珂也不發一語，只是在我身邊瞇起雙眼，靜靜地看著大海。

＊

——我們又來到一座位在坡道途中的小型公園。

「喔喔，我好像很久沒盪鞦韆了……」

「我以前經常跟」「朋友一起來」「這裡玩。」

秋玻與春珂坐在我旁邊的鞦韆上，放眼看向這座公園。

同時還輕輕晃著鞦韆。

「小」「學放學後，」「我們就會放下」「書包，」「一起聚」「在這裡。」

她邊說邊看向遠方，那裡正好有一群小學男生在追逐嬉鬧。

＊

——我們又來到她們過去住的房子前面。

「現在……是其他家庭住在這裡了吧。」

那間房子就位在漫長坡道的頂端。

那是一間有著白色牆壁與綠色三角屋頂，令人印象深刻的可愛房屋。

這裡——已經充滿現在的住戶累積下來的歲月痕跡。

車庫裡停著車子，旁邊還擺著幾輛大人與小孩的腳踏車。

掛在陽台上的曬衣架也開始變得老舊。

「感」「覺真是不可思」「議……」

秋玻與春珂仰望那間房子，瞇起眼睛這麼說道。

「我們明明」「已經搬出這」「間」「房子超過一」「年了，但感覺只要」「說聲『我回來了』走進去，」「就能回」「到那時候……」

「……是嗎？」

我從出生就一直住在現在的房子裡，實在無法體會那種感覺。

可是，這間令她如此懷念的房子，現在已經住著別人了。

真不曉得那是什麼樣的感覺。我開始思考，從小居住的家變得不屬於自己到底是什麼樣的感覺——

＊

——然後，我們來到那間「小學」。

這裡是秋玻過去曾經就讀的學校，也是春珂誕生的地方——

「就」「是這」「裡。」

現在是下午六點多。籠罩著周圍的陽光已經開始變得赤紅。

「……這樣啊。」

我點了頭，抬頭仰望學校。

比起整個城鎮散發出的懷舊氛圍，這間學校充滿了現代的風格。整體色彩偏灰，看起來像是石造建築。因為建築風格有點接近那些遍布鎮上的文化資產，這種設計也可能是為了保護這個城鎮的景觀。

「——是」「不是很漂」「亮？」

「是啊……」

「這是一間」「歷史悠」「久的學校，但」「校舍」「是最近」「才重建的。」

這裡就是——秋玻與春珂想去的地方之中，最後一個地方。

——換句話說……

只要參觀完這間小學，秋玻與春珂就會前往醫院。

一旦她們前往醫院，我就再也無法見到她們，在人格統合後，她們之中有一個人將會消失。

所以——我非得做出答覆不可。

我必須在秋玻與春珂之間做出選擇。

我必須對這個問題做出回答——

……我就承認吧。

我已經開始感到有些焦慮。

自從我們離開東京，從新函館北斗站出發，抵達宇田路之後，秋玻與春珂就一直帶著我參觀這個地方。

過程中，我明確感受到自己心中的不安逐漸膨脹。

我要選擇誰？

對於秋玻與春珂的這個問題，我至今依然找不到答案。

就只有對於「非得做出選擇」這件事的疑惑不斷湧上心頭。

我不知道自己為何對此感到疑惑，也不曉得該如何告訴秋玻與春珂這件事。

即便時間所剩不多，我還是想不到該對她們說些什麼——

——我覺得自己應該冷靜下來。

千代田老師的丈夫九十九先生曾經告訴我，這種時候更應該冷靜下來，努力保持從容不迫的態度。

可是——事情已經發展到這種地步。

最後期限就快要到了，我也逐漸被打回原形。

「……現」「在這種時」「間，校門」「果然鎖起來」「了。」

確認過學校正門的情況後，秋玻與春珂露出遺憾的笑容。

「沒」「辦法，我們就」「從外面參觀」「吧。」

——原來如此。我原本還想進到校內參觀。

我想親眼看看秋玻與春珂每天上課的教室……但現在畢竟是春假。

而且我跟她們兩個現在只是外人，身為校友的秋玻與春珂又是這種狀態，我們很可能無法進去參觀……

「我贊成。那我們就在外面繞一圈吧。」

「嗯，那」「樣應該也」「可」「以看到很」「多地方。」

說完，她們兩人開始沿著學校的圍牆前進。

我也跟在後面。

「這間學」「校很小，每」「個」「年級只有兩」「個班級。」

「我」「幾乎都」「是」「二班。」

「只有一次在」「五年級」「時被分到一」「班。」

「是喔？真不平均，但確實會有這種狀況……」

我們一邊閒聊一邊隔著灰色圍牆眺望校園。

校園面積不大，裡面一個人都沒有。因為這裡是北海道，我還以為這間學校會很大，但宇田路是位在山坡上的城鎮，這種地理條件似乎讓學校無法取得太多使用空間。只有兩個班級這點，也令我感到意外。我就讀的小學整個年級一共有四班，我還以為每間學校都是這樣。

不過……嗯。

我試著想像了一下，又覺得這樣也不錯。

童年時代的秋玻與春珂在這間不大的學校裡，跟為數不多的同學朋友度過每一天。

她們當然會遇到許多令人難過的事情。只要回想她們曾經說過的話，就知道那時期可能反倒是一段痛苦的時光。

不過，實際來到現場看，還是讓人感觸良多。對現在的她們來說，像這樣眺望學校或許也算是在悼念當時的自己吧。

「——那」「裡是音」「樂教室。」「我唱歌」「常被老師」「稱讚。」

「——教室」「給人的感」「覺」「果然不一」「樣了。」

「——我都」「不覺得自」「己」「曾經」「在裡面上課」「了。」

「——春珂」「曾經從」「那個雲梯」「上」「摔下」「來。」

「——你看，那」「些樹是」「我」「們這一代」「學生種的」「喔。」

我們開始慢慢在學校周圍閒逛。

秋玻與春珂還在途中這樣向我介紹。

因為人格對調的速度很快，我很難看出她們的表情，她們本人似乎也因為無法充分表達情感而感到沮喪，但她們明顯變得比之前還要多話。

我猜——她們現在肯定很開心。

看著自己懷念的景色，同時分享給我，讓她們兩人都很開心。

這一定就是她們想在這個故鄉完成的心願。

而且——她們所說的話……

她們笨拙的介紹讓我莫名深受感動。

這裡乍看之下只是間普通的小學。

雖然硬體設備都是新的，但也只是間毫無特別之處的小學。

不過，每當我聽到秋玻與春珂的介紹，這幅光景就被慢慢加入了情感。

就好像我也身在其中，在這裡看著當時的她們一樣。

這裡逐漸——變成一個特別的地方。

我也變得跟她們一樣，開始把這間學校當成重要的地方。

然後——

「——就是」「那裡。」

我們來到快要把整個學校繞過一圈的地方。

她突然停下腳步，抬頭看向上方。

然後，她用細長的手指指向視線前方——從這裡也能看到的校舍一角。

她指著屋頂上的某個地方。

以開始泛黃的天空為背景，校舍閃耀著金色光芒。

跟西荻的放學時間同樣的色彩籠罩著北國的風景。

「——那裡」「就是……」

「——我……」

「——春珂……」

「誕生」「的地」「方——」

——春珂誕生的地方。

在秋玻的心裡，誕生了春珂這個人格。

那裡就是眼前這女孩成為雙重人格者的地方——

換句話說——

——我們之間發生的一切，全都是從那裡開始的——

一陣寒風短暫吹過。

秋玻與春珂的頭髮也隨風搖曳。

把她那悲傷的表情烙印在眼底後——我又再次看向屋頂。

那是個平凡無奇，被銀色護欄包圍起來的屋頂。那個角落還殘留著一點積雪。

——還是小學生的秋玻曾經站在那裡。

春珂在她心裡誕生了。

不曉得她們當時懷著什麼樣的心情。

她們是懷著什麼樣的心情站在那裡？又是怎麼面對那樣的心情？

真希望我當時可以陪在她們身邊。

我暗自想著這種不可能實現的願望。

我希望自己能陪在當時的她們身邊。

她們當時遇到的問題肯定很嚴重也很複雜，我不認為小時候的自己幫得上忙。

所以，我希望自己至少能夠陪在她們身邊。我想跟她們一起受傷，一起不知所措，一起思考解決的辦法——

然而——

「……真」「的很感」「謝你。」

我覺得自己很沒用，她們卻對我這麼說。

「謝謝你」「願」「意跟著」「我們」「來到」「這裡。」

「謝謝」「你」「願意來」「看看」「我們出」「生」「的」「故鄉。」

「……妳在說什麼啊？」

我努力壓抑想要哭泣的衝動，對她們兩人露出笑容。

「是我想要過來看看。想來這裡的人是我，妳們只是被我硬拉過來。應該是我要向妳們道謝才對。謝謝妳們帶我過來。」

聽到我這麼說，她們兩人微微一笑。

她們不發一語，只回給我一個笑容。

看到她們染上夕陽顏色的臉龐——我突然有種感覺。

終點就快要到了。

這趟短暫旅程的終點已經近在前方。

*

我們決定最後再去正門看看。

再次眺望這間學校後，我們的行程就全部結束了。

接著將會直接前往醫院。

我非得在此之前——做出答覆。我必須想好自己該對她們說些什麼。

焦慮已經化為實體，占據了我的心頭。

我勉強壓抑住這種心情，不讓焦慮顯露在臉上。

可是，我快要忍不住了。我無法繼續隱瞞下去。

我必須做出結論——

「……妳是水瀨同學？」

我突然——聽到這句話。

這聲音來自我們才剛抵達的正門後方。

也就是從校園裡面傳來——

我看到……一位女性站在那裡。

年齡大約四十五歲左右。她是一位穿著輕便的服裝，表情開朗的女性。

……她是這裡的職員嗎？

還是其實是老師……？

正當我想著這些問題時——

「天啊！果然是妳！」

對方露出燦爛的笑容，往這邊衝了過來。

「我沒認錯吧？妳是水瀨同學對吧！好久不見，我們應該有三年……不，四年沒見了吧？」

然後——

「名倉老」「師，」「好久不」「見。」

秋玻與春珂似乎也沒想過會遇到這位女性，驚訝地睜大眼睛。

「上次」「見面是我」「讀」「國二的」「時候，真」「的隔了好」「久喔。」

聽到秋玻與春珂說話的口氣，這位叫作名倉老師的女性有一瞬間說不出話。

這也是理所當然的反應。因為就算在旁人眼中，秋玻與春珂的異狀還是很明顯。

她們的表情不斷迅速改變，口氣也像是出了問題般變來變去。

任何人看到她們這樣都不可能不驚訝，也不可能理解她們的狀況。

可是，名倉老師似乎立刻就搞懂這一切。

「……原來如此，是這麼回事啊。」

她露出恍然大悟的笑容，同時點了點頭。

她沒有勉強自己，也並非對秋玻與春珂有所顧慮。

她真的只是理解現在的情況。

然後，她打開正門旁邊的便門，再次對我們露出笑容。

「……方便的話，要不要跟我談談？」

——名倉老師似乎是保健老師。

也就是負責管理保健室的老師。

聽說當春珂在秋玻心中誕生時，就是她最先發現異狀，也是她介紹她們到市內的綜合醫院。

「換句話」「說……」

在校園裡的長椅並肩坐下後，秋玻與春珂如此說道。

「她就」「是我們的」「第一位恩」「人。」

「原來如此……是這樣啊。」

我原本還不曉得她是何方神聖，無法理解她為何能接受秋玻與春珂現在的狀況，但聽完這些話我就明白了。

這個人——比任何人都要早發現秋玻與春珂的雙重人格，還為了解決這個問題展開行動。

這位名倉老師說不定比她的家人更早發現這件事。從秋玻與春珂的口氣聽起來，事情好像就是這樣。

可是——

「別這麼說，我沒那麼了不起啦～」

名倉老師抓了抓自己的頭髮，用懊悔而非謙虛的口氣這麼說。

「況且，我頭一次遇到這樣的孩子，所以也缺乏相關知識。雖然我有趕緊惡補相關書籍與論文，嗯～……現在回想起來，我應該還能做得更多。」

「沒那」「種事……」

秋玻與春珂只說了短短一句話。

不過，她的口氣還是充滿著對名倉老師的信賴與感激。

雖然她在小學時代有許多痛苦的回憶，至少還有可以信賴的對象。這讓我暗自向這位名倉老師道謝。我沒有開口道謝，是因為連我都很懷疑自己要以什麼立場說這種話。我只能默默看著名倉老師的眼睛，在腦海中向她道謝。

「……我有個問題。」

也許是注意到我的視線，名倉老師看了過來。

「你是水瀨同學的……朋友？你們現在住在東京吧？你們特地回到這裡，是不是因為發生了什麼事……」

她含蓄地這麼問。

「方便的話，能不能告訴我發生了什麼？」

這也是理所當然的反應。她當然會想知道事情怎麼會變成這樣。

得到秋玻與春珂的許可後，我大致向名倉老師解釋了現在的狀況。

就是雙重人格即將結束，以及我們為了前往宇田路的醫院跑來這裡，甚至是我們兩人單獨來到這裡，而且等一下就要前往醫院。

「呃～～所以……」

名倉老師轉頭看向秋玻與春珂，露出有些猶豫又難掩好奇的表情。

「你們兩位該不會在交往……？」

她看起來好像莫名開心。

雖然她努力保持身為老師的嚴肅表情，卻忍不住揚起嘴角，眼睛也因為好奇心而閃閃發亮。

我有一瞬間覺得傻眼，感覺像是看到聊戀愛話題時的春珂，不過……這也沒辦法。畢竟她從秋玻與春珂還是小學生時就一直很關心她們，而她們現在居然跟異性一起出遠門……也難怪她會對這件事感興趣……

聽到名倉老師這麼問——

「我們」「並沒」「有交往。」

秋玻與春珂趁機表達自己的不滿。

「我們」「明明」「已經向」「他告白」「了。」

「可是」「他一直」「沒有做出選」「擇。」

「咦～～是這樣嗎～～！」

名倉老師看了過來，一副發自內心感到驚訝的樣子。

「矢野同學……你看起來很溫柔，卻是個罪孽深重的男人呢……竟然這樣對待這麼可愛，個性又好的女孩……」

「……是啊，我也覺得自己人在福中不知福。」

我不知道該如何回答，只能一邊搔著臉頰一邊含糊其辭。

「不過，我還有些事必須想清楚……雖然對秋玻與春珂過意不去，我還需要好好思考……」

我也覺得自己的說法很含糊。

感覺像是在逃避，也像在敷衍……

……我覺得自己可能會挨罵。

名倉老師看起來就是那種個性豪爽的人。

看到我這種喜歡自尋煩惱的傢伙，可能會覺得很沒用。

然而——

「……哎，你這樣也很正常吧。」

想不到名倉老師居然對我這麼說，還給了我一個微笑。

「畢竟是這種狀況，你應該沒辦法輕易給出答覆吧。」

「可是，我」「等得很難受」「耶～～」

「這我也可以理解。」

看到秋玻與春珂噘起嘴脣，名倉老師笑了出來。

「所以嘍……」

然後，她對我露出充滿母性的溫柔笑容。

「為了彌補她的痛苦……還有煎熬，你一定要找出大家都能接受的答案。」

＊

後來又聊了一下後，我跟秋玻與春珂就離開了小學。

秋玻與春珂鄭重地向名倉老師打招呼與道謝，還跟她交換了聯絡方式。

看著這一幕——我如此想著。

不曉得以後用Line跟名倉老師交流的人會是誰。

是秋玻？還是春珂？

——結束的時間已經迫在眉睫。

第四十二章
Chapter.42

【愁眠】

——我們朝車站前進，沿著坡道往下走。

在我們的背後，太陽已經開始西斜。

天空逐漸從紫色轉為深藍，只有沐浴在夕陽下的碎積雲閃爍著不自然的橘色光芒。

我、秋玻與春珂幾乎不發一語，只是一邊用腳底感受著碎裂的柏油路與坡度，一邊緩緩走向車站。

——心臟跳得很快。

自從我們與名倉老師道別，我的腦袋就一直全速運轉，快到幾乎要燒壞的地步。

我喜歡秋玻嗎？

我喜歡春珂嗎？

還是說，她們兩個都不是我的心上人——

我馬上就得面對這個問題了。

我做出的選擇會讓秋玻或春珂就此消失——

——然而，我還是找不到答案。

我無論如何都找不出自己心中的答案。

我覺得自己還沒搞懂任何事。
秋玻與春珂的存在到底有何意義？我跟她們兩人之間的戀情又是怎麼回事？
仔細想想，我連自己是什麼樣的人都搞不懂了。
我有溫柔的一面，也有壞心眼的一面。
我有蠻橫的一面，也有體貼的一面。
我有沒出息的一面，也有讓人覺得帥氣的一面。
那麼——到底哪個才是真正的我？
我應該以什麼樣的自我做出什麼樣的結論？
我越是拚命思考，思緒就越是混亂。
腦袋裡的思緒已經亂到根本解不開，不拿剪刀剪斷就無法解決。
——當我回過神時，我們已經來到車站旁邊。
只要穿越這條商店街，前面就是醫院了。我只剩下不到幾分鐘的時間。
呼吸開始變得急促。我到底該怎麼做？我接下來該如何是好——
——秋玻與春珂突然重心不穩。

走在我旁邊的她身體晃了一下，還伸手按住自己的腦袋，停下腳步。

「喂……喂！」

我趕緊拉住她的手臂。

「妳……妳怎麼了！妳還好……吧……」

——我觀察她的狀況。

原本應該是秋玻與春珂的少女——正飛快地切換人格。

她們的人格已經連一秒都無法保持穩定。

秋玻與春珂不斷迅速對調，甚至還讓表情出現殘像。

「——。——」

那種速度——快得讓她們說不出話。

她們張開嘴巴試圖對我說些什麼，卻完全無法發出聲音。

「——。——。——」

「……不會吧……」

我脫口說出這樣的蠢話。

我明明早就知道會這樣，也知道這一刻遲早會到來，但我還是無法接受眼前發生的事情。

——我無法接受結局到來的事實。

她們的人格開始統合了。

絕對錯不了。這種現象肯定就是這麼一回事。

原本各自獨立的秋玻與春珂這兩個人格——終於要合而為一。

我能明白這個道理。

然而，我的腦袋不願意理解這個事實——

「——看來時間到了。」

熟悉的聲音從身後傳來。

「還是請人把她送去醫院吧。她已經走不動了。」

那是銀鈴般的少女嗓音。

可是，聲音裡還是流露出她過去累積的歲月以及藏在其中的知性——

我回頭一看，老師就站在後面。

她就是千代田百瀨老師，同時也是我、秋玻與春珂的班導。

她身材嬌小，五官端正，身上穿著昨天面談時穿的那件套裝，肩膀上還披著大衣。

——千代田老師就站在我面前。

而且……她的頭髮亂成一團，眼睛底下還有很深的黑眼圈。

我還是頭一次看到老師這種模樣。她看起來似乎相當疲倦……

「……妳怎麼會在這裡……」

從我口中發出沙啞的聲音。

「……妳什麼時候來的……」

我完全沒發現她就在後面。

她就站在我的正後方，我卻完全沒有察覺。

而且在我們昨天的計畫中，秋玻與春珂會跟她們的父母一起來到宇田路，當時我完全沒聽說千代田老師也會跟著過來。

她為何會出現在這裡……

「……哎，沒想到事情會變成這樣。」

千代田老師完全不掩飾自己的疲倦，拿出手機滑了幾下後深深地嘆了口氣。

「自己班上的學生不但逃出學校，還做出這麼危險的舉動……我當然必須負起責任。我有義務見證這件事的結局，我本身也絕對不想放著你們不管……」

然後，她傻眼地笑了。

「不過，我沒想到你們居然會做到這種地步。真是快要累死我了……」

——我總算搞懂了。

原來她一直——偷偷跟著我們。

我們逃出學校後就前往新宿搭乘新幹線。

千代田老師在這個過程中成功追上我們，就這樣偷偷跟著我們一起行動。

從她的表情看來——她應該沒能好好睡一覺吧。

在這種狀況下，她今天還一直偷偷跟在我們後面……

「……你不需要怕成那樣吧。」

我的感想似乎都寫在臉上。

千代田老師好像感到有些寂寞，再次笑了出來。

「這也沒辦法啊，矢野同學，你覺得哪種情況比較好？一種是讓你們在不確定會發生什麼事的情況下踏上旅程，如果她的人格突然開始統合，也沒人可以照顧她，她的人格可能會變得亂七八糟。另一種是其實有大人偷偷跟在旁邊，一旦發生問題就能緊急出面處理。你不覺得前者遠比後者可怕嗎……？」

聽到她這麼說——我連一句反駁的話都說不出來。

老師說得沒錯。

千代田老師毫無惡意，只是因為擔心我們才跟著過來。

證據就是——她一直等到這時才出現。

當我們抵達宇田路時，她就可以立刻把秋玻與春珂帶去醫院了。可是，為了讓我們不會後悔，她並沒有那麼做。這也是為了讓我們一起度過最後的時光……

「……對不起。」

我老實地向她道歉。

「對不起，是我們太亂來了。我們不該給妳添麻煩……」

沒錯，我們真的給她添了麻煩。

我們一時衝動的行為讓許多人都被耍得團團轉，也害得大家為我們操心。我必須先為此道歉。

可是，千代田老師竟然用雙手亂抓自己的頭髮。

「那些話你留著對水瀨同學的父母說吧。」

我被她那種粗魯的行為嚇到，她卻冷靜地這麼說。

「他們好像很擔心，你得好好道歉才行。至於我這邊呢……」

老師環視周圍。

「反正我也很久沒回來故鄉了……你不必感到抱歉。」

她一臉懷念地瞇起雙眼，用充滿憐愛的口氣這麼說。

——對了，我想起來了。

聽到老師這麼說，我總算想起來了。千代田老師跟秋玻與春珂一樣，都是宇田路市出身。

因為這個緣故，千代田老師才會成為她們兩人的班導——

「……好了。」

——正當我想起這件事時……

千代田老師——環視周圍。

我看到好幾位大人從馬路對面跑向這裡。

所有人都穿著淺綠色的衣服……他們八成是醫院的工作人員。

他們都是醫療人員。換句話說，他們——是來把秋玻與春珂送去醫院的。

這個事實讓我下意識地緊張起來——

「矢野同學——這真的是最後了。」

——千代田老師露出非常嚴肅的表情。

聲音裡流露出對我的嚴厲，還有與之相反的關懷與溫柔——千代田老師說了。

「這是你最後一次見到還是雙重人格的她們了。所以——」

然後——她走到我面前，雙手搭住我的肩膀。

「該告訴她們的話——你就趁現在全部說出來吧。」

在千代田老師的催促下，我走到秋玻與春珂面前。
她還是一樣不斷迅速切換人格，同時默默注視著我。
秋玻與春珂讓醫療人員幫忙攙扶著，卻依然用堅強的表情面對我。

——我必須說出來。

我必須告訴她們自己的心意——
心臟快速跳動，汗水也無視寒冷不斷狂流。
我拚命試著阻止這些生理現象，我得先冷靜思考。
可是——不管我怎麼深呼吸，怎麼緊緊閉上眼睛……

怎麼看向周圍的風景，怎麼擦去額頭上的汗水——心跳也只是越來越快。
思緒的齒輪一直對不上，只是不斷空轉。
在這段期間，「不該做出選擇」的心情依然越來越強烈。
——我好怕。
沒錯，我很害怕。
我再次看向秋玻與春珂。
她有著柔順光亮的秀髮，以及雪原般的白嫩肌膚。
她有雙像是玻璃珠的眼睛，以及小巧的鼻子和淡桃色嘴唇。
她還有不斷跳動的心臟，以及確實存在的身體。
而擁有這些的兩位女孩，秋玻與春珂的未來——就掌握在我手中。
我必須做出抉擇。
我必須選擇誰該繼續活下去，誰又應該消失——
就在這時，有幾位外國觀光客從我們身旁走過。
其中一人一臉狐疑地看過來，還向同行的朋友詢問：「TV show?or Youtuber?」
如果是這樣就好了。
如果這不是現實，而是某種表演，真不知該有多好。

即便這樣算是遷怒，我還是覺得那位觀光客很可恨。

——我的手抖個不停。

內心的動搖在不知不覺間傳遍全身。

牙齒不斷打顫，發出碰撞的聲響。汗水也沿著纏在一起的瀏海滴落。

眼眶裡滿是淚水，額頭的熱度讓我快要昏倒——

就在這時——她們兩人突然笑了。

秋玻與春珂露出充滿慈愛的笑容。

她們緩緩開口了。

「對」「」「不」「起。」

「拜託」「你做」「這麼」「痛苦」「」「的選擇，」「我」「真的」「很抱」「歉。」

「這」「樣」「就」「夠」「了。」

——這樣就夠了。

這句話讓我有種整個人都要垮掉的感覺。

「你」「願意」「」「拚命」「思」「考這」「個」「問題，」「我就」「很」「滿足」「了。」

我突然雙腿無力——當場癱坐在地。
我再也站不起來。
腦袋也失去思考的能力。
這是——秋玻與春珂做出的時間結束的宣言。
她們不再尋求答案，之後將會靠自己的力量解決問題——
——我還是沒能趕上。
我無法做出答覆。
我沒能實現秋玻與春珂最後的願望——
「那」「就有勞」「各」「位了。」「」
聽到她們這麼說，醫院的員工從左右兩側扶著她的身體。
然後朝商店街另一頭，也就是醫院的方向邁出腳步。
走了幾公尺後，秋玻與春珂突然回過頭來。
她瞇起眼睛，輕啟朱脣。
然後用小得幾乎聽不見，彷彿隨時都會消失在風中的聲音對我這麼說。
「謝」「謝」「你」「。」

「矢」「野同」「學。」

＊

——不知道過了多久。

秋玻與春珂的背影早就消失在商店街的另一頭。

我癱坐在地上，在周圍漫步的觀光客們疑惑地看了過來，但我當然無力做出反應，也沒有站起來的力氣。

——一切都是徒勞無功。

不需要思考，我就能明確感受到這個事實。

到頭來，我還是沒能答覆她們。

我一直苦思惡想，想弄清楚自己的心意，卻還是來不及說出來。

我所做的一切都是為了這件事。這個問題始終存在於我的腦海，為了回答這個問題，我經歷了許多事情。

即使如此——我失敗了。

所以那些全都只是白費力氣。

我所做的一切，以及我們一起相處的時光，全都變得毫無意義。

是我讓那些事情變得毫無意義——

我對自己感到失望，也對自己造成的結果感到絕望。

心裡多了一個大洞，我的靈魂彷彿掉進那個洞裡，已經連一滴眼淚都流不出來。

今後到底會發生什麼事？

秋玻與春珂會變成什麼樣子？她們統合後的人格又會變得如何？

我不知道。雖然我不知道答案，但能明確感受到某件事。

我應該再也見不到她們了。

最後走到這種結局，還讓她們看到我沒出息的樣子。不管她們最後會變得如何，我都沒臉去見她們。

我們之間的關係結束了。就在這個宇田路市，以最難堪的結局收場。

我們的故事已經來到終點——

「……其實……」

——我突然聽到旁邊有人說話。

「我覺得……你真的很努力。」

抬頭一看，我發現那個人是千代田老師。

我還以為她跟醫療團隊的人一起離開了。

我甚至沒發現她離我這麼近。

她毫不在意旁人的目光，在我面前蹲了下來。

「對不起，我把很多事情都丟給你做。我明明是個大人，還是個老師，卻把真正重要的事情託付給你。我要向你道謝，也要向你道歉……」

我看向千代田老師。

探頭看向我的她正在哭泣——

我的心神很自然地全都被她奪去。

我還是頭一次看到她哭泣的樣子。我根本沒想過她也會哭泣。

千代田老師是個不可思議的人。

她長得漂亮，個性和善，非常受學生歡迎，但又有些難以親近。

我有時候會覺得她可能聰明到詭異的地步，有時候又覺得她的喜好非常莫名其妙。

換句話說，她是個明明很好懂卻有許多不可思議的地方，讓我很難理解的人。

而這樣的千代田老師竟然哭了。

她在我面前淚流不止，嘴脣還微微顫抖。

那表情——不知為何就像跟我同年紀的女孩。我發現她跟我一樣會煩惱難過，就只是個柔弱的女孩，這讓我茫然的意識開始稍微回到現實。

「……請你不要責備自己。」

千代田老師勉強露出笑容，對我這麼說。

「雖然發生了許多事情，但責任全在你們身旁的大人身上，還未成年的你就只是被我們依賴罷了。矢野同學，你一點錯都沒有。」

——我當然無法這麼想。

這是我、秋玻與春珂之間的愛情故事。

責任當然在我們身上，我並不想讓別人為此負責。

即使如此——

「……抱歉……」

千代田老師依然對我這麼說。

對現在的我來說，這可能已經算是一種救贖了吧。

她的立場跟我不同，一直站在不同的角度面對秋玻與春珂。仔細想想，我們或許可以算是戰友。我們為了同樣的事情煩惱，也試著解決同樣的問題。

所以，光是有這樣的人在身邊，我就能稍微得到救贖。

——千代田老師似乎發現了我的想法。

也或許只是因為我的表情稍微放鬆了。

「……矢野同學。」

千代田老師搖搖晃晃地站起來。

然後擦乾眼淚，向我如此問道：

「一直待在這裡也不是辦法，我們換個地方吧。要不要先去吃頓飯？」

……我們確實不能一直坐在路邊。

必須前往其他地方……

可是……她竟然說要去吃飯？現在確實差不多到了晚餐時間。

商店街的餐飲店也開始攬客了。

不過，我現在肚子完全不會餓，一點都不想吃東西。

那我該去哪裡才好？我總不能就這樣露宿街頭，看來只能找間二十四小時營業的店過夜了……

我一邊如此思考，一邊搖搖晃晃地站起來。

「我有個想去的地方。」

千代田老師仰望著我這麼說。

「可以的話，你要不要一起去？」

「……妳想去哪裡？」

如此詢問後——我才發現自己終於說話了。

自從跟秋玻與春珂離別後，這是我說的第一句話。

面對我的這個問題——

「就是……」

——千代田老師不知為何露出有些難為情的笑容，然後告訴我這樣的答案。

「……我的老家。」

＊

「——矢野同學，吃吃看這個吧！還有很多喔！」

「——對了，你要不要來點啤酒？願不願意陪我喝一杯？」

「——老爸！矢野同學還沒成年！他不能喝酒啦！」

……場面十分熱鬧。

我們順利來到千代田家。

結果就這樣吃起晚餐，現場熱烈非凡。

昨天聽說千代田老師要回來時，她的父母就非常開心，跑去市場買了許多當地的海產，做好料理等她回家。

餐桌上擺著吃不完的食物。不但有散壽司、煎蛋、沙拉與馬鈴薯燉肉這些家常料理，還有據說是千代田老師最愛的知名餐廳的炸半雞。

不僅如此——看到老師帶著我這個學生回家，她的父母不知為何變得更為興奮。她父親連酒都拿出來後，這場宴會就開始了。

怎麼回事……女兒帶學生回家是這麼值得高興的事嗎……我完全無法想像他們的心情……畢竟我不曾當過老師，也沒有女兒當上老師……

……話說，我剛才的心情跟現在這種狀況落差實在太大，讓我的腦袋轉不太過來。這種狀況未免太詭異了吧……我突然跑來北海道，遇到了許多事情，還被帶到班導的老家，跟她父母一起吃飯……

然後在我面前——

「呼～～……感覺就像是有了長孫一樣……」

伯父似乎已經有些醉意，一臉幸福地笑著這麼說。

「我不知道有多久不曾跟這種年輕孩子一起吃飯了……」

「而且還是個這麼聰明的男孩……」

伯母也一邊小口喝著日本酒，一邊不斷地點頭。

「如果你是我們的孫子，如果你是百瀨的孩子，我一定會很開心……」

「呃，說什麼孩子……」

千代田老師露出非常傻眼的表情，把散壽司裝到碗裡面。

「我跟矢野同學也只差了十歲左右……」

……老師正在扮演「女兒」的角色。

千代田百瀨在學校裡是個老師，但在這裡卻被當成一個女孩……讓我覺得既新鮮又奇怪。

後來，我看著他們三人一直拌嘴卻又感情很好的樣子，突然發現他們長得都很像。老師跟伯母、伯父長得像是理所當然，但伯父和伯母長得也很像。這應該是因為他們原本就長得像吧？還是說，他們是因為一起生活了許多年，長相才越來越像……

此外——我還看到擺在櫃櫥上的全家福照片。

那好像是很久以前的照片，上面有年輕時的伯父和伯母與兩個孩子。

我發現照片裡的每個人都長得很像，尤其是那兩個孩子。我猜其中一個應該是千代田老師，另一個則是她的姊妹。她們兩人實在長得太像，讓我懷疑可能是雙胞胎。

「……呵呵。」

千代田老師突然看著我笑了。

「太好了，看來你稍微吃得下飯了。」

——聽到她這麼說，我才總算發現。

我在不知不覺間開始吃東西了。

我回過神才察覺裝在我碗裡的散壽司已經被吃掉了一些。

「那是我們家最受歡迎的一道菜。」

千代田老師有些得意地這麼說。

「雖然只是平凡無奇的散壽司，但魚都是從市場買來的，所以是一道低調的美味料理。這裡還有很多，你想吃多少都行。」

「……原來如此。」

我的胃口確實莫名地好。

雖然沒有什麼特別之處，每種配料都有著讓人還想再吃的魅力。我疲累不堪的精神與身體，也被這些爽口的醋飯治癒了。

「對了，九十九過得還好吧？」

伯母突然這麼詢問千代田老師。

畢竟九十九先生就等於他們兩位的半個兒子。

「嗯，他很好。雖然工作有點忙就是了。」

「記得叫他下次再來。他在這裡沒有老家，應該也不方便回來吧。」

「是啊，我會找機會帶他回來的。他應該也差不多想再來宇田路了。」

——這些都是平凡無奇的家人對話。

氣氛並不熱鬧，但非常和平融洽，瀰漫著幸福的感覺，沒有一絲痛苦與悲傷。

雖然桌上的料理也不像專業餐廳那麼豪華，卻很貼近生活，充滿日常的幸福。

我一邊看著這幅光景，一邊吃著散壽司。

我越吃越快，還夾起了煎蛋、豌豆與雞肉。

這些飯菜非常好吃。被我耗盡的某種東西逐漸在肚子裡累積填滿，我感覺自己正在慢慢恢復。

「……！」

突然間——千代田老師看了過來，露出驚訝的表情。

她有一瞬間完全停住不動。

我不知道發生了什麼事，伸手去摸自己的臉，才發現臉頰早已溼透。

看來我在不知不覺中哭了。

眼睛現在也依然不斷流著淚水。

我趕緊用衣服擦去眼淚，但淚水還是不斷湧出來，怎麼都止不住。

然後我總算明白了。

我直到剛才都還處於疲憊不堪的狀態，連哭泣的力氣都沒有。

內心的失落感太過巨大，讓我連為此悲傷都做不到。

「……嗯，你就盡量吃吧。」

老師對我這麼說。

「盡量吃，盡量睡，未來的事情就等以後再想吧……」

看到她的笑容，以及那種原諒一切的表情，讓我的視野再次變得模糊。

＊

「——你一個人真的沒問題嗎？」

千代田老師帶我來到飯店的大廳。

她像是要勸阻我，露出十分擔心的表情，探頭看向我的臉。

「你想住在我家也沒問題。反正我家還有幾間空房，也能幫你準備睡衣……」

我們所在的地方，是位在車站附近的觀光飯店。

這間飯店有著漂亮的裝潢與大型浴場，因為服務不錯，據說評價非常好。特別是飯店提供的自助早餐，甚至有全國等級的知名度，還曾經在電視上被報導許多次。我也對這間飯店的名字有印象。

大廳裡充滿沉穩的橘色燈光。

我這個一臉倦容的十多歲男生，與同樣一臉倦容的千代田老師並肩站在這種地方，不知道旁人看了會做何感想。

「不用了……謝謝妳的好意。我想應該沒問題。」

千代田老師的提議讓我非常感激。

可是，我回給老師一個笑容，並且搖頭。

「我不能給妳添更多麻煩了。住在妳家實在不太方便，我總覺得對九十九先生過意不去。」

我當然完全不認為會有什麼差錯。我們不可能做出不該做的事情。

不過，我還是感到有些抗拒。尤其是在看到哭泣的千代田老師，還有她在自己父母面前變回女兒的樣子之後。我現在已經擅自把千代田老師當成同伴，而不只是一位老師了。

然而——

「……臭小子，別自以為是了。」

千代田老師對我露出不屑的笑容。

「你還是個孩子，這種時候只要乖乖依靠大人就對了。」

「……妳說得對。或許真的是這樣吧。」

「……我也跟你一樣。」

千代田老師猶豫了一下後開口了。

「我在小時候失去了姊姊。」

「……咦？」

「她在我小時候失蹤了，直到現在都還下落不明。」

這個意想不到的話題讓我不知道該如何回答。

「所以我很清楚那種失去親近的人的痛苦。」

千代田老師瞇起眼睛，輕聲細語。

……她姊姊失蹤了。

我還是頭一次聽說這件事。想不到千代田老師居然有這種經歷。

她姊姊肯定——就是我在那張全家福照片裡看到的女孩吧。那位長得跟千代田老師一模一樣，看起來像是雙胞胎的女孩。

我有種寒風吹過肚子的感覺。

為什麼？綁票？天災？意外？還是說，連千代田老師本人都不知道原因？

此外——千代田老師從小就失去姊姊。

這對她來說到底是多大的損失？

而她又是……懷著什麼樣的心情告訴我這件事？

「矢野同學，這對你來說可能是一段戀情的終點。」

說完，千代田老師緊咬嘴唇。

「你這一年來所珍惜的情感很可能要劃下句點了。而一段戀情最重要的階段就是結束的時候。因此，我身為一位老師，也身為一個大人，總是會為你感到擔心。你今晚要住在這裡，我並不反對。你應該也想一個人靜一靜吧。」

「……是啊。」

「不過要是遇到什麼問題，不需要客氣，直接找我幫忙吧。隨時都能聯絡我。」

「……我明白了。」

我乖乖地點頭。

總覺得依賴老師的罪惡感稍微減輕了。

「那我們明天就早點回東京吧。我會先訂好機票，如果時間確定了，我會主動聯絡你的。」

「我知道了。」

接著又交代了幾件事情後，千代田老師便走出大廳。

*

——我來到飯店準備的房間。從這個位在七樓的窗戶看出去，就能把宇田路車站前面的夜景盡收眼底。

據說這個歷史悠久的車站是以東京的上野車站為範本建造而成。

現在是晚上十點過後。雖然附近的店家很早就開始準備打烊，但列車似乎還會定時到站。車站前方擠滿準備回家的乘客與觀光客，路燈的光芒照耀著來往的行人。

天上的滿月在雲層中若隱若現。

在月光照耀下，車站對面的山巒成巨大的黑影蓋住地面——

——一切都結束了。

俯瞰著這幅光景的同時，我再次體認到這個事實。

雙重人格就此結束，我們三人至今的關係也結束了。

而——我的戀情應該也就此結束了吧。

沒錯。一切都結束了。

我沒能找出任何確切的答案，就這樣來到了終點。

——心中有種無可奈何的失落感。

我自認在過去的人生中也失去了許多東西。

像是小時候那種想要成為英雄的憧憬。

或是不知何時開始萌芽，對自己可能懷有某種才能的期待。

即便小時候那種毫無根據的期待落空了，我還是成了一個高中生。我自認已經相當習慣失去，覺得自己能在現實與希望之間取得平衡繼續活下去。

可是，這次並非如此。

我失去了著實不想失去的東西。

不該欠缺的事物就此離我遠去——

我是頭一次經歷這種事。

明確感受到自己的人生變得不完整。

我再也無法挽回。這種失去是不可逆，也不該發生的。

——我無論如何都無法接受這個事實。

我到底該怎麼做才好？我到底該如何行動？

我完全沒有睡意，但就算繼續想下去也不會有答案。

我只能漫無目的地在這座迷宮裡獨自徘徊——

幕間
intermission

【美夢】

Bizarre Love Triangle 三角的距離無限趨近零

——一如往常的老面孔正在準備考試。

三年級的暑假結束後，我們來到柊同學家裡，在她的房間念書。

成員是須藤、修司、柊同學與細野。

還有——秋玻與春珂。她們兩人理所當然也在其中。

現在出現的人格則是秋玻。

她低頭看著參考書，在筆記本上寫字。

「——我無論如何都想考進喜歡的作家畢業的大學。」

在我們閒聊的過程中，她說了這件事。

「所以我才會對父母提出任性的要求，以考上私立大學為目標。我把這個想法告訴春珂後，她也同意了……」

「嗯，這種憧憬是很重要的。」

看著筆記本的修司抬起頭來，對秋玻的想法表示贊同。

「我想考進的大學也有一位我很崇拜的教授。聽說他差不多要退休了，但我還是想讀那間學校……」

聽到修司這麼說，柊同學和細野也接著發表意見。

「我選擇想讀的學校時，也是因為自己的姊姊讀過那間學校……」

「總覺得這種人與人之間的連結很重要呢。」

——我們過著一如往常的歡樂日常。

在平凡無奇的放學時間，大家都會很自然地聚在一起。

準備考試確實很辛苦，但只要能跟這些朋友一起面對，我就覺得自己能夠克服。

如果是這群人，就算我們上了大學，出社會開始工作，甚至是上了年紀，肯定都還能過著這樣的生活。

……可是，不知為何只有須藤露出狐疑的表情。

她一臉疑惑地看著秋玻耶……難不成是秋玻說的話讓她感到不對勁嗎……？

——就在這時……

「啊，我要對調了……」

秋玻稍微低下頭。

過了幾秒後，春珂重新抬起頭來。

「……啊，大家好。」

她環視周圍，很快就搞懂現在的狀況。

「原來大家又聚在一起念書了啊……」

自從成為考生以後，人格對調對她們來說就變成一件更麻煩的事情。因為記憶會突然中斷，讓她們兩人都得花時間學習同樣的東西。

換句話說，她們念書的時間只有其他考生的一半，但還是能一直在模擬考取得好成績，讓我覺得她們真的很厲害。

「……春珂，我問妳喔。」

須藤之前一直閉口不語，卻在這時說話了。

「秋玻剛才說她想考自己崇拜的作家畢業的學校……」

「是啊，她本人是這麼說的。」

「這……絕對是騙人的吧……」

須藤壓低聲音如此說道。

然後她站了起來，像是要對犯人說出自己的推理，毫不掩飾地這麼說：

「她只是——想跟矢野讀同一間大學而已吧！」

——須藤說得沒錯。

秋玻準備要考的那間東京都內私立大學，確實也是我準備要考的大學。

當我聽說她也要考那間大學時，也曾想過她或許是為了跟我同校才這麼做，但我沒想到須藤居然會毫不掩飾地這麼問……

然後——

「……是啊，我也覺得應該就是這麼回事。」

春珂也不知為何嘻嘻發笑，並且點頭。

「絕對是這樣沒錯……我就知道她在覬覦矢野同學……」

覬覦矢野同學。我覺得她應該不需要用到這種說法……

「而且……」

春珂繼續說下去。

「聽到我說想出去自己生活時，秋玻也舉雙手贊成……她肯定是想把矢野同學帶回家裡……」

「咦？不會吧！」

「老家明明就在東京，妳還打算搬出去自己住嗎！」

現場氣氛瞬間沸騰。

我在意的不是秋玻想帶我回家，而是春珂希望自己住這件事。

「是啊，我想搬出去一個人住。」

面對來自眾人的質問，春珂一臉理所當然地點頭承認。

「我已經跟父母提過這件事，他們也同意了。」

「妳想這麼做……」

修司試著刺探她的想法。

「該不會是因為自己快要成年，才想試著打工學習獨立……？妳會提出這種主張，讓我有些意外……」

這或許確實令人意外……

說起來，我也是頭一次聽說春珂想自己一個人生活。

春珂真是了不起。想不到她已經在思考獨立了……

我原本以為是這個樣子。

「不，我並不是想學習獨立。」

春珂很乾脆地搖搖頭。

「其實是因為我也想把矢野同學帶回家。」

「——怎麼連妳都這樣！」

——有人吐槽了。

須藤拿出連諧星都要自嘆不如的魄力狠狠吐槽。

現場發出一陣笑聲。

這是一段平凡無奇卻又無可取代的快樂時光。

真希望這種時光能永遠持續下去。

有我，有須藤，有修司，有細野，還有柊同學。

當然還有——秋玻與春珂。

真希望這種快樂的時光永遠不要結束。

真希望我們三個人能永遠在一起。

——然而……

就在這時——從我的臉頰傳來細微的震動。某種堅硬的物體正在快速震動。

眼前的光景也在同時像融化的砂糖逐漸消失——

*

——我醒了過來，人躺在床上。

手機抵著我的臉頰。剛才的震動似乎是手機發出的通知。

我抬起頭，卻看到陌生的景色。

這裡是個以茶色為主要色調的狹窄房間。床單洗得非常乾淨，而且燙得很平整。

這個與自己家裡差距甚大的光景，讓我的腦袋有些混亂。

可是——我只愣了一下就想通了。

……噢，這裡是位在宇田路市的飯店。

沒錯，我現在……就住在千代田老師幫忙訂的飯店。

我看向時鐘。現在就快要早上五點了。

看來我似乎是在不知不覺中睡著了。

我昨晚明明那麼疲倦，卻連一點睡意都沒有……結果還是睡著了，這讓我對於無法掌控自己身體這件事感到有些厭惡。

——然後……

「是夢啊……」

我深深嘆了口氣，同時小聲呢喃。

「原來那只是一場夢……」

跟秋玻與春珂一起準備考試。

這是我和她們兩人無法實現的未來。

也是我無論如何都想見到，卻又無法見到的光景——

我在床上抱住腿。

太陽再過不久就要升起了吧。宇田路的早晨即將來臨，我和千代田老師也要回到東京了。我們將被殘忍地拉回到現實——

事到如今，我已經無法阻止這件事情發生，更重要的是，這是我自己選擇的結局。

我無法否定，只能在這種未來繼續活下去。

即便如此——我還是希望能永遠沉睡。

希望能一直待在夢裡。

我懷抱著這樣的願望，也會永遠祈求這樣的光景。

「……對了，手機。」

想到這裡，我突然想起這件事。

手機剛才震動了。那肯定是某種通知。

到底是怎麼回事？既然在這種時間傳來，應該是垃圾郵件吧？

我拿起手機，幾乎無意識地解除鎖定。

對了，我記得須藤前陣子還在收集有趣的垃圾郵件……

後來她還讓我、修司、細野與柊同學一起看那些郵件，讓我們十分頭痛。

……我不知道自己該如何面對他們。

我該懷著什麼心情回去西荻見那些朋友？

我的歸宿肯定已經消失不見。

我回去的地方將不會是以前那個西荻窪，而是跟那裡完全無關的地方。我在那裡肯定只是個異鄉人——

——我如此想著。

看到解除鎖定後的螢幕。

螢幕上顯示的通知將我剛才的想法一掃而空。

那是Line的訊息通知。

然後，我看到了——

「……不會吧？」

——上面顯示著令人難以置信的傳訊者名字。

我用顫抖的手指點進訊息畫面。

水瀨：『看看窗外吧。』

——那是她們兩人傳來的訊息。

毫無疑問，是從秋玻與春珂過去使用的帳號傳來的訊息。

裂開的玻璃螢幕顯示著毫無情感的文字。

我從床上跳了起來，整個人緊貼著飯店的窗戶。

我低頭看向底下，將視線移到車站前方——

——我看到一位少女。

——那位熟悉的女孩就站在車站前面，抬頭仰望著這裡。

她有著一頭短髮，以及白皙剔透的肌膚。

還有一雙即便距離如此遙遠，也能清楚看見其中光芒的圓滾滾大眼睛。
她身上不知為何穿著宮前高中的制服，天氣明明很冷，卻連大衣都沒穿。

少女——注意到緊貼著窗戶的我。

她微微一笑。
表情以零點幾秒的速度不斷改變的——秋玻與春珂。

——理應再也見不到的她……

理應完全結束的她們兩人，就站在月光下——

「三角的距離無限趨近零」

第四十三章

Chapter.43

Bizarre Love Triangle

三角的距離無限趨近零

——我連滾帶爬地衝出房間。

我在走廊上絆到腳好幾次，就這樣整個人摔倒在地。

地毯上的纖維讓我的手肘嚴重擦傷。

即使如此——我還是連一秒……不，連零點一秒都不想浪費。

——她就在車站前面。

我想確認那女孩是否真的就是秋玻與春珂。

我一邊發出擾人的響亮腳步聲，一邊衝到電梯前面，然後立刻猛按按鈕，等待電梯到來。

電梯還不來。速度有夠慢。

抬頭一看，顯示電梯所在樓層的燈號正慢慢移向這一層，速度慢得讓人差點昏倒。

我再也等不及了。

我再次拔腿奔跑，衝進樓梯間。

這裡是七樓。雖然離一樓有點遠，總比傻傻地等電梯來要好。

我不顧安全地衝下樓梯，同時感覺到口袋裡的手機震動。

我稍微放慢腳步，結果又接連收到好幾則訊息。

水瀨：『離結束還有幾十分鐘。』

水瀨：『最後這段時間，我想在學校度過。』

水瀨：『如果你願意，請你過來一趟。』

水瀨：『對不起。』

——我順利來到一樓。

快速衝過昏暗的大廳，走出飯店的玄關。

我筆直衝向車站前方，在那裡環視周圍——

「……沒看到人……」

——我一邊喘著大氣一邊如此呢喃。

秋玻與春珂的身影——已經消失不見。

車站前方冷得讓人快要凍僵，周圍還留有混著融雪劑的積雪。
在月光照耀下，站前圓環空無一人。
她似乎已經前往學校了。
她穿得那麼單薄，也沒有醫院的人陪在身邊。
……難道她是偷跑出來的嗎？
她該不會是瞞著醫生和護理師，一個人偷偷溜出醫院吧……
我決定照著那些訊息的指示前往學校。
雖然只去過一次，我還隱約記得地點。
而且還能用手機確認地圖，只要保持冷靜，應該就不會迷路。
我沿著車站前方的步道前進。
抬頭一看——東方的天空已經開始泛白。
黎明將至。
一陣風吹了過來，我用雙手拉著制服外套，緊緊包住自己的身體。
——沒錯，就是制服。
我不知為何也換上了這身衣服。
在衝出飯店房間的前一刻，我發現不能穿著飯店睡衣外出，就趕緊拿了——書包裡的制服，而不是前天買的便服。

我幾乎是想也不想就做出這樣的選擇。

肯定是因為秋玻與春珂也穿著制服吧。看到她們穿著制服的樣子，我就很自然地選擇了跟她們一樣的衣服——

當然，因為天氣很冷，這決定是個天大的錯誤。我感覺現在的氣溫應該低於零度，從嘴裡吐出的白煙也很濃厚。

不過——我已經顧不得那麼多了。

我現在根本顧不得該穿什麼衣服這種問題。

我沿著車站前方的街道快步走向學校。雖然這條路筆直通往遠方，我卻看不見她們的背影。她們說不定走進某條能抄近路的巷子了。就算這樣，我這個對這裡不熟的外人也只能走這條好認的路。

——我該對她們說些什麼？

腦海中突然閃過這樣的疑惑。

——當我見到她們，該說些什麼？

我該用什麼樣的表情待在她們身邊——

當我從無人加油站旁邊經過時，這些疑惑也在轉眼間迅速膨脹。

說起來，她們為何要找我出來？

事到如今，我還能做些什麼？

我真的可以去見她們嗎？

我真的——有那個資格嗎？

當我回過神時，走路的速度已經變慢許多。

還能再次見到她們，讓我心中燃起一股莫名其妙的火焰。光是憑著那股動力，就讓我想也不想地從房間筆直走到這裡。

即使如此——我重新思考。

我到底打算做些什麼？

我這樣跑去見她們到底有何打算？

一旦見到她們，我這次肯定必須做出答覆。

我必須告訴秋玻與春珂自己要選誰？

可是——我至今依然找不到答案。

這樣的話，我該如何是好？難道要我硬選一個嗎？

我可以隨便做出選擇，讓其中一方從這個世界消失嗎？

我可以親手殺死自己重視的秋玻或春珂嗎……？

想到這裡——我的腳步完全停了下來。

我好害怕。

心裡怕得不得了。

我必須親手消除掉一個自己重視的女孩。

而且我還沒做好心理準備，腦袋裡也沒有確切的想法。

——我不可能辦得到那種事。

我是這麼認為的。

我不可能在秋玻與春珂之中選擇一個——

——我無法做出選擇。

身體逐漸使不出力氣。

我連要繼續站著都做不到，當場癱坐在地上。

沒錯，到此為止了。

我能做的事情就只有這樣。

對秋玻與春珂來說，這樣肯定更好。

比起跟我這種無法做出結論的傢伙在一起，最後讓她們兩人獨處肯定更好。

最後這段所剩不多的時間，應該讓她們獨處才對。

那肯定是最美的結局。

我不夠格待在那幅美景之中——

——我在腦袋裡得到這樣的結論。

這樣我跟她們兩人的故事就結束了——

「……矢野？」

我突然……聽到有人呼喊我的名字。

那是我很熟悉的少女尖銳的嗓音。

而且那聲音還是從馬路上傳來——

——我以為自己聽錯了。

因為這裡現在不可能有人呼喊我的名字。

而且那聲音不可能從那種地方傳來。

這肯定是幻聽。我的精神緊繃到了極限，才會在無意中聽到那種不存在的聲音。

然而——

「——唔哇，果然是他！」

我再次聽到聲音，這次聽得更清楚。

仔細一看——

「各位！我找到矢野了～～～～～～～～！！！」

——結果看到一群人衝出來。

地點是我所在的步道旁邊。

有好幾位年輕男女——從停在路旁的廂型車衝了出來。

「——嗚哇！不會吧！」

「——他跑到這種地方做什麼！」

「——現在是什麼狀況！」

「——咦～～真的耶。笑死人了～～」

——他們都是我的朋友。

須藤、修司、細野、柊同學，甚至連霧香都在。

他們是我在故鄉的五位朋友。

他們不知為何一大清早在北海道的宇田路市車道上，從一輛廂型車裡衝了出來……

「咦？你……你們怎麼會……」

……難道我在作夢？

看著眼前的景象，我只能做出這樣的結論。

我剛才在飯店床上作的那場夢還沒結束，這一切都只是那場夢的延續，不管是秋玻與春珂出現在車站前方，還是朋友們出現在面前，肯定都是一場夢……

然而——

「我們是特地來找你的！」

須藤衝到我面前，說出這樣的話。

「我聽你媽媽說你跑來宇田路，感覺情況不太妙，就跟大家一起趕來了。」

——原來他們是從我父母口中聽說的嗎？

原來如此，我明白他們為何會出現在宇田路了……

「……有必要做到這種地步嗎……」

不過，我還是很驚訝。

「你們竟然特地跑來這麼遠的地方……而且所有人都來了。」

「呵呵呵……這是細野同學的提議。」
柊同學非常開心地這麼說。
「他說你們三個跑來北海道，而且雙重人格也要結束了……那我們也不能待在這種地方，必須立刻趕過去……」
「呃、呃……不過訂機票這類事情都是修司處理的……」
細野難為情地搔了搔臉頰。
「我只是提議這麼做罷了……」
「……原來事情的經過是這樣啊……」
現在我明白他們為何出現在這裡，也明白他們怎麼過來了。
不過，那輛廂型車又是怎麼回事？他們是怎麼弄到那輛車子的？
我有些在意，於是看向駕駛座。
「……嗨，你就是矢野同學嗎～～！」
有位女性——握著方向盤。
……我不認識這位女性。
她有著一頭捲髮，曬黑的肌膚令人印象深刻，是一位看起來很活潑的女性。
可是，她卻一臉開心地看著我。

「百瀨經常跟我提起你的事情。很高興認識你～～！我是百瀨的朋友，名叫尾崎志穗里～～」

「妳……妳好……」

聽到她這麼說——我才發現千代田老師坐在副駕駛座。

她的臉色非常難看，眼睛底下的黑眼圈變得比昨天還要深……

看來……她又熬夜了……

「須藤同學他們聯絡我，說他們在千歲機場進退不得……」

千代田老師用沙啞的聲音這麼說。

「他們順利抵達機場，卻沒搭上開往宇田路的末班電車，我只好麻煩志穗里開車去接他們……」

「幸好我家的孩子很多～～」

尾崎小姐對著千代田老師咧嘴一笑。

「不然就不會買這麼大台的車子了！」

「真是幫了大忙……話說，妳孩子現在怎麼了？妳不用照顧他們嗎？」

「嗯，我丈夫幫忙照顧。」

「是嗎？那就好……」

老師和尾崎小姐如此交談。

而我們則默默看著她們。

「……對了。」

就在這時，霧香開口發問。

「現在是什麼情況～～？你怎麼在這種時間蹲在路邊～～發生什麼事了？我怎麼沒看到秋玻學姊與春珂學姊～～」

……對了，這女孩為何會出現在這裡？

須藤、修司、細野和柊同學會出現，我還可以理解。

因為他們從以前就經常一起行動。

可是，我還是頭一次看到霧香混在裡面。她跟他們應該沒見過幾次面。這個意想不到的成員組合讓我覺得不太對勁。

而且——

「……現在的情況是……」

我不知道該如何回答這個問題。

我沒能實現她們兩人的心願。

直到最後這一刻，我都沒能堅持陪在她們身邊。

因此，我完全不曉得自己該如何向他們解釋。

然而……

「……我……」

這些朋友都特地趕到這麼遙遠的地方了。

因為擔心我、秋玻與春珂，他們甚至不惜拂曉跑到宇田路來。

「我覺得自己不夠格……」

所以，我想盡量回應他們的心意，只好努力從口中擠出話語。

「我無法……對秋玻與春珂做出答覆……我很害怕……不敢決定她們的未來……也搞不清楚自己的心意……」

——我覺得自己很沒出息，差點忍不住失笑。

我竟然讓特地趕來關心的朋友看到這種模樣。

現在這瞬間毫無疑問是我這輩子最遜的時候。

「雙重人格……馬上就要結束了。」

即便如此，我還是努力繼續說下去。

事情嚴重的程度，讓眼前眾人的表情都開始變得僵硬。

他們應該也想不到該如何安慰我，不是睜大雙眼，就是皺起眉頭。

大家都露出困惑的表情看著我——

「應該剩下幾十分鐘……她們說希望能跟我在一起……可是……我不能過去。我沒辦法過去見她們……」

——我如此斷言。

徹底的沉默籠罩著我們。

現場只剩下尾崎小姐車子的引擎聲。

這裡連風都沒有，完全沒有其他音源，令人感到快要窒息。

然而——

「……不對，你得去。」

最先打破沉默的人——是細野。

「現在不是……說那種話的時候吧？雙重人格就要結束了不是嗎……？那你……就應該過去吧……」

我覺得他說得很對。

這些話完全正確，連一點反駁的餘地都沒有。

我應該去見她們。就算要放下所有一切，我都應該立刻趕去學校才對。

可是，我的身體動彈不得，無論如何都站不起來。

「……到頭來～～你也不過就是這種廢物嗎～～？」

霧香笑了出來，對我冷嘲熱諷。

「唉～～～～……無聊死了。沒想到你是這種無聊的傢伙。你之前明明那麼努力跟我唱反調，現在卻選擇放棄，實在是廢到極點～～難堪得教人看不下去耶～～」

我能理解霧香這些話的意義。

這些話有一半是認真的，另一半則是她對我的鼓勵。

她正試著讓我重新振作。

就算這樣——恐懼還是凌駕於一切。

我不認為自己應該做出選擇，也不認為自己應該親手決定她們的未來。

「……你還是辦不到嗎？」

柊同學小聲問道。

修司也微微一笑。

「其實……我可以體會你的心情。你能努力到現在，我覺得已經很了不起了。」

他如此說著並點點頭。

然後，修司意味深長地看向須藤。

「……妳不讓他看看那個嗎？」

「說得也是……」

須藤原本一直交叉雙臂盯著我。

她先是露出煩惱的表情。

「雖然她們要我等到一切結束再拿給他看……不過事情都變成這樣了……」

接著又閉上眼睛，陷入天人交戰。

……奇怪？他們在說什麼？

難道他們不只是趕來關心我們嗎……？

他們說要拿給我看的東西到底是什麼……

我對此感到困惑。

「……好！」

而須藤則是似乎下定決心，睜開眼睛。

「各位，沒辦法了！我們現在——就讓矢野看看那個吧！」

聽到這句話，眾人開始翻找自己的包包。

大家拿出的東西是——

「……信……？」

——被裁切下來的筆記本內頁。

上面滿是手寫的文字，看起來像是某人寫的信。

而——我對那些信有印象。

我還記得那種淡奶油色的紙張，以及能表現出兩位寫手個性差別的語法與筆跡。

那是我過去跟「她們兩人」交換日記時使用的筆記本——

「矢野，你拿去看吧。」

須藤收集好那些信後，又把信重新整理排列，最後才交給我。

然後——她這麼告訴我：

「這是秋玻與春珂的遺書——」

——我那有好一段時間都感受不到鼓動的心臟猛烈跳動了。

遺書這個字眼有著過於悲傷與沉重的意義——

「她不久前才拿給我們……」

須藤瞇起眼睛，向我如此說明。

「秋玻與春珂跑來找我們，說雙重人格很快就要結束。她還說她們其中之一將會消失，而且選擇權被交到你手上……」

「對啊，我被嚇到了～～」

聽完須藤的說明，霧香用輕鬆的口吻繼續說下去。

「她們突然說要來見我，讓我一頭霧水～～結果她們把信交給我，要我在一切事情都結束後轉交給你～～」

我再次看向手邊這些信紙。

秋玻與春珂肯定是把這些信紙分別交給他們五個人。寫有她們文字的信紙剛好是五張。

「我想……她應該很擔心你吧。」

須藤對默默注視著信的我這麼說。

「畢竟她們逼你做出困難的選擇……才會擔心你是否會為此沮喪。所以，為了讓我們有機會在那種時候安慰你，她們才會做出這種舉動。可是……」

我抬起頭——發現須藤用嚴肅的眼神注視著我。

我從未見過她露出這種嚴肅的表情。

然後——

「我希望你現在就看看這些信。」

須藤很明白地這麼告訴我。

「我覺得現在的你應該很需要她們寫在這些信裡的話語。因為有這樣的預感，我們才會來到這裡。所以……嗯，雖然這樣算是違背約定，對她們來說算是偷跑……但我還是希望你看看這些信……」

聽到她這麼說，我再次低頭看向信。

我早已看慣秋玻與春珂的筆跡。

現在事情變成這樣，那些我所熟悉的工整文字與圓滾滾文字也讓我有點難過。

不過……嗯。

我還是決定看看這些信。

信紙一共有五張，寫在每張信紙上的文字並不多。

就算把信全部看完也用不了太多時間。

我大大地深呼吸後，就從開頭讀起這些信。

——這些信就是遺書沒錯。

我現在手邊這些信的作者，既是秋玻也是春珂。

可是，其實原本應該是她們兩個其中之一要負責把信拿給我。

換句話說，這是因為我的選擇而消失的人格寫給我的信——

——然而……

信裡只有對我的感激。

——能遇見你，真是太好了。

——過去跟你相處的時光，真的是我的寶物……

——對不起，給你添麻煩了。即使如此，你還是願意好好回應我們的感情，讓我們非常開心。

——請你千萬不要責怪自己……因為這是我跟秋玻所期望的……

我的手開始顫抖。

我好像很久沒有好好聽她們說話了。

自從前天在社辦見面後，一切都發生得太快，讓我沒能跟她們好好交談。

可是——原來如此。

原來她們是這麼想的。

她們早就接受這一切了。她們早就做好心理準備，不管是誰被選上，都能接受最後的結果。

而且她們感謝——我會做出選擇。

——謝謝你過去的照顧。

——**我過得非常開心……**

——希望春珂和你能永遠幸福。

——**我會一直在天國祈求秋玻和你的幸福……**

我心中——湧起一股強烈的欲望。

不安與恐懼並沒有消失。不過，那股強烈的欲望還是壓過了所有情感。

——我想帶著她們前往這封信的未來。

秋玻與春珂現在的願望肯定只有一個。

那就是抵達她們寫這封信時在腦海中描繪的未來——

就是讓我親手替雙重人格劃下句點。就算自己會消失，她們也能接受這種結局——

而這個願望——肯定只能由我來實現。

……既然如此……

我該做的事情是……

——我明確感覺到心臟開始跳動。

被宇田路清晨的氣溫凍僵的身體也開始熱了起來。

我深深吸氣——然後吐了出來。

白色的氣息像是蒸氣火車冒出的煙霧，在黎明的街景中緩緩消失。

……嗯。我做得到。

如果是現在，我有辦法展開行動。

「……我要走了。」

我站了起來，向朋友們輕輕點頭。

我先把信還給他們，又對著每個人露出笑容。

「抱歉，事情到了這種地步還讓你們替我操心。」

「……就是說啊……」

須藤總算露出放心的表情，深深嘆了口氣。

仔細一看，她的眼眶裡滿是淚水，彷彿隨時都會哭出來。

……這也很正常吧。須藤他們一定也會覺得不安。

「……謝謝你們。」

說完，我向他們揮了揮手。

「那我們晚點見吧——」

丟下這句話後，我開始奔跑。

許多聲音從我的背後傳來。

「——矢野，加油～～！」

「——帥氣地解決這一切吧～～！」

來自朋友們的聲援強而有力地推動著我前進。

最終章
Final Chapter

【無題】

Bizarre Love Triangle

三角的距離無限趨近零

——太陽從大海的另一頭升起，把整個城市染成金色。

那是有別於泛紅夕陽的黃金色光芒。

那種陽光令人感覺舒暢又悲傷，耀眼得讓人忍不住瞇起眼睛。

而她就身處在這個充滿陽光的景象中——

「——早」「安」「」「啊。」

——學校正門前方。

秋玻與春珂就站在那裡。

她們像是在等人一樣，整個人背靠著大門。她穿著宮前高中的制服，看起來就跟往常一樣，就像在等我一起去上學。

「抱歉，我來晚了。」

我對著她們兩人露出笑容。

「須藤與修司他們都跑來這裡了，我遇到他們，稍微聊了一下。」

「……原來」「是」「這」「」「樣啊。」

秋玻與春珂簡短地如此回答。

看來她們也沒想到會發生這種事。

……這也是正常的反應。

誰能想到那群朋友會急著趕來北海道。

不過……我是這麼想的。

這是秋玻與春珂這段日子累積的成果。這群朋友不可能只為了我跑到這種地方，他們這麼做毫無疑問也是為了秋玻與春珂。

……然後……

現場還有一位我必須問候的對象。

「……老師早。」

「嗯，早安……」

我向對方問好——那個人……

站在秋玻與春珂旁邊的名倉老師非常愛睏地一邊打呵欠一邊點頭。

她是這間小學的保健老師，也是最早發現秋玻與春珂有雙重人格的人——

「對不起，一大清早就麻煩妳過來……」

我總覺得有些過意不去，想也沒想就低頭道歉。

「應該是秋玻與春珂……是水瀨同學請妳過來的對吧？」

「是啊。她們說想進學校裡面，問我能不能幫忙開門。而且是在早上四點多……」

「她們竟然提出這種強人所難的要求……」

「沒關係啦。你不用放在心上。」

說完，名倉老師手中那串鑰匙搖晃得叮噹作響。

「畢業的學生回來拜訪，對老師來說是值得開心的事情。」

她對我們露出和善的笑容。

然後打開學校正門的鎖。

「更何況……對方還是讓自己印象深刻的學生。就算必須違反規定，我也想幫她實現願望。」

看起來很沉重的大門被她慢慢打開，剛好能讓一個人通過。

「……真的很感謝妳。」

我再次向名倉老師深深一鞠躬。

這肯定是相當嚴重的違規行為。

要是被別人發現，她很可能會受到懲罰。

儘管如此——她還是願意讓我和秋玻與春珂進去學校。

秋玻與春珂也不發一語，深深地向她鞠躬。

在名倉老師的帶領下，我們從教職員用玄關走進學校。

我們拜託她幫忙藏好鞋子，還拿到了代替的拖鞋。

然後，一連串的準備工作就此結束。

「拿去，這把鑰匙也暫時給妳們保管。」

說完，她還把其他鑰匙交給秋玻與春珂。

她們兩人似乎不明白那把鑰匙是什麼，疑惑地歪著頭。名倉老師只告訴她「那是妳誕生的地方的鑰匙」，就沿著走廊離開了。

「我會待在保健室裡，要是發生什麼狀況就立刻過來找我。」

名倉老師轉頭看過來，對我們如此交代。

「謝謝妳。」

我們再次向她低頭道謝。

然後——走廊上只剩下我和秋玻與春珂。

「我們」「走」「」「吧。」

她這麼說了。

「嗯，妳們想去哪裡？」

「我」「們」「時間」「」「不」「多」「了，」「」「」「只去」「」「兩個」

「地方。」

「先」「去」「教室」「吧。」

*

我扶著秋玻與春珂上樓梯。

她們想去自己以前待過的教室。

目標似乎是她們剛變成雙重人格者時就讀的四年二班教室。

從窗外射進的陽光逐漸從黃色轉為白色。

塵埃就像水母一樣，在這樣的色彩中載浮載沉。

夜晚的黑暗則像是沒有融化的積雪，盤踞在光線無法觸及的黑暗中。

而我們就在光影的邊界——沿著樓梯一步一步往上爬。

「……妳還好吧？這種步調會不會太快？」

面對我的問題，秋玻與春珂一邊不斷迅速對調，一邊向我點了點頭。

她們兩人對調的速度已經快到肉眼只能勉強追上了。

對調速度快成這樣，似乎讓她們幾乎失去所有行動能力。她們的話變得很少，腳步也變得非常不穩。

我和這樣的她在清晨的小學裡漫步。

這裡的裝潢有別於高中，給人一種天真無邪的感覺。

走廊上的洗手台比較矮，擺在教室裡的桌椅也跟迷你模型一樣小。

還有就是貼在各個地方的布告。

有別於高中那種事務性質的布告，這裡的布告還會配上插畫，文字也會標上注音，給人的印象較為柔和。

我感覺到在這裡上學的孩子們在教育過程中被灌注了許多愛，不知為何有種想哭的衝動。

——我大大地深呼吸。

我聞到校舍特有的亮光漆味道，以及身旁的秋玻與春珂的甘甜體香。

……這是為什麼？

我突然有種自己碰觸到答案的感覺。

我過去一直苦苦追求，卻無法找到我們這段戀情的結論。總是從我手指之間溜走的答案，現在肯定——被我稍微觸摸到了。

啊啊……還差一點。

還差一點就能得到我們追求的答案了——

「這」「邊。」

來到三樓後，秋玻與春珂指向走廊。

我按照她的指示，朝無人的走廊邁出腳步。

「——這裡。」

秋玻與春珂說著指向——一間平凡無奇的教室。

入口上方掛著「4－2」的看板。

門……似乎沒鎖。

我小心翼翼地開門，走了進去——

「……喔喔……」

我忍不住小聲驚呼。

——我明明是第一次來到這裡，卻莫名有種懷念的感覺。

這間學校應該跟宮前高中一樣還沒開學。布告全都被撕掉了，樸素的教室裡只剩下桌椅。不管是黑板、講桌、置物櫃還是桌椅，全都是小學生專用的尺寸。想到自己過去也曾待在這種迷你教室裡，就覺得很不可思議。

這光景明明讓我感覺很新鮮，卻又覺得熟悉。

有種彷彿我過去也曾經在這裡上學的錯覺。

這種莫名其妙的感覺，讓我有好一段時間說不出話。

然後——秋玻與春珂……

她們瞇起了眼睛，讓全身沐浴在從窗外射入的陽光下。

就連她們享受陽光的身影，我都覺得似曾相似。

我想了一下——很快就想通了。

沒錯，就是我們初次相遇的那天。那正好是距今一年前發生的事。我們就像現在這樣，在清晨的教室裡相遇。

那是一切的起點——

與當時幾乎毫無分別的光景就在眼前。

——我突然回想起當時的感覺。

我對扮演角色感到厭惡，卻又無法放棄扮演角色，覺得自己無法逃離這個困境。

秋玻與春珂正好在這時出現。因為這個契機，有種感情在我心中萌芽了——

我前幾天才跟霧香一起回顧這些往事。

而我現在發現那幅光景中似乎隱藏著重要的祕密。

彷彿一切最後都能在那裡找到，彷彿答案從一開始就藏在那裡──

「……對了。」

我還想起另一件事。

「還有《靜物》這本書……」

那是我喜歡的小說，也是讓我跟秋玻開始交談的契機。

那段話突然在我的腦海中響起。

而且是秋玻那天──朗誦時的聲音。

『──重點是把由山脈、人、染色工廠與蟬鳴聲等事物組成的外在世界，與你心中的遼闊世界連結起來，站在一步之外的地方，試著呼應並協調並列的兩個世界。比如說，觀星便是一個好方法。』

──有某種感覺竄過我的背脊。

那是一種類似性快感與寒意，也像觸電的──鮮明感覺。

──我抓到了。

我清楚感覺到了。

因為剛才那段話——也就是《靜物》的開場白，讓我現在確實牢牢抓住這段戀情的解答——

我還無法把這種感覺化為言語。

心中只有一種虛無飄渺的感覺，而那種感覺還沒轉化為明確的思維。

可是——我已經知道答案，有辦法容許我們了——

……再來只剩把答案告訴她們。

我一邊思考，一邊從窗戶俯瞰宇田路清晨的街景。

只要把我的答覆告訴秋玻與春珂就好——

這樣一切就會開始。沒錯，不是結束，而是開始。

而我們就連這種事情也一直都沒能發現——

「……怎」「麼」「」「了」「？」

秋玻與春珂突然一臉狐疑地這麼問。

「你」「好」「」「像」「笑」「了……」

「……噢，抱歉。」

我總覺得有些難為情，輕輕搔了搔臉頰。

原來我剛才在笑嗎……不過，沒錯。

我現在確實很開心。不，說我開心可能並不正確。

我可以繼續活下去。我清楚體認到這個事實。

我找到讓自己放下過去背負的一切的方法了。既然如此，我在未來的人生肯定也能繼續走下去。

所以，我要把這個答案也告訴她們兩人。

我要把自己的心意告訴秋玻與春珂——不，不對。

是告訴「那個女孩」才對——

＊

「……就是這裡嗎？」

「嗯」「……」

——我們最後來到學校的屋頂。

這個地方意外地寬廣，在早晨的陽光下閃閃發亮。

看向東方的天空，太陽已經完全出現在水平線上。

殘留在各地的積雪讓穿過城鎮的陽光出現散射的現象，害我忍不住瞇起眼睛。

我好像了解這個世界了。

我們就站在這棟校舍之上。

底下是宇田路的大地與遠方的海洋，天空無限寬廣。

在這個能把這些景象盡收眼底的地方，我能感覺到世界的存在。

秋玻與春珂緩緩前進，在架著圍欄的屋頂一角停下腳步。

——那裡是春珂誕生的地方。

也是她們兩人昨天指著的地方。

更是春珂在秋玻心中誕生，使她們成為雙重人格者的地方——

「就」「在這」「裡。」

秋玻與春珂這麼說道。

「在」「我難」「」「過又」「痛」「苦得不」「得了」「的時」「」「候，」

「春」「珂」「就」「誕」「生」「了。」

「……這樣啊。」

我點了頭，跟她們並肩眺望著風景。

朝陽照耀著住宅區的屋頂，以及遠方的石狩灣。

當時站在這裡的「那女孩」，到底懷著什麼樣的心情？

她還只是個小學生，卻承受著巨大的壓力，獨自來到這個地方。

她是懷著什麼樣的心情看海？又許了什麼樣的願望——

胸口傳來一陣痛楚。她當時年紀還小，就嘗到了足以讓人格分裂的痛楚。

我真希望自己可以幫她分擔一些。我希望自己當時能陪在她身邊，幫她減輕痛苦。

這願望就像個夢想，絕對不可能實現。

即便到了這一刻，我依然懷抱著這樣的願望。

所以我決定——至少今後都要陪在她身邊。

我暗自下定決心，在未來的人生裡，我都要陪伴在「那女孩」身邊。

「——矢」「野同」「學。」

秋玻與春珂呼喚我。

「請」「你轉」「過來看」「我。」

我把視線從眼前的風景移開，看向她們兩人。

她們不斷迅速對調，速度快得在臉上留下殘像。

她們兩人開口了。

「結」「束的」「時刻」「到」「了。」

她們這麼告訴我。

然後——問出最初的問題。

她們再次拋出從一開始就存在於我們之間的問題。

「——你喜歡哪一個我？」

——回答吧。

我深深地吸了口氣，暗自做好心理準備。

我心中的答案已經很清楚了。

而我現在——就要告訴她們。

稍微清了清喉嚨後，我筆直看著秋玻與春珂。

「……首先是秋玻。」

我先叫了她的名字。

然後──

「──抱歉，那個人不是妳。」

──我簡短地如此說道。

一直不斷迅速對調的秋玻與春珂表情似乎有了變化。

所以──

「接著是……春珂。」

我沒有停頓，繼續說下去。

然後──

「抱歉──那個人也不是妳。」

──她們兩人驚訝地瞪大眼睛。

視線四處游移，眨眼睛的頻率也大幅改變。

可是──此事千真萬確。

我喜歡的人既不是秋玻，也不是春珂。就跟那場夢的內容一樣，我喜歡上了那個不是她們兩人的女孩。

肯定從一開始就是這樣。

從認識秋玻與春珂的那一天開始，我就愛上「那女孩」了。

我在心中強烈渴求著「那女孩」——

秋玻與春珂像是在思考，有好一段時間都閉口不語。

「真」「意外。」

她先是簡短地這麼說。

「那個人」「是誰？」「是」「伊」「津佳」「嗎」「？還是」「霧」「香？」

面對這兩個答案，我都搖頭否認。

結果秋玻與春珂看起來更慌張了。

「難」「道」「說……」

「是」「時」「子」「嗎？」

「千」「代」「田老」「師？」

「啊哈哈，不可能是她們兩個吧……」

我忍不住笑了出來。如果對方是柊同學或千代田老師，事情就大條了……要是發生那種事，我不就沒臉面對細野和九十九先生了嗎？更何況我肯定會被拒絕。如果是這樣，我根本不需要煩惱。

看到我的表情，她們似乎明白自己想太多了。

秋玻與春珂深深吐出肺裡的空氣。

然後，她們重新筆直看向我，再次開口問道。

「那」「她是」「誰？」

——沒錯，問題來了。

既然對方不是秋玻與春珂，那我喜歡的人是誰？

經過了這樣的一年，我到底喜歡上誰了？

可是——

「抱歉……我現在還沒辦法回答這個問題。」

我這麼回答秋玻與春珂。

「因為……我還不曉得那個女孩的名字。她明明一直在我身邊，我卻不知道她的名字。」

秋玻與春珂還是一臉狐疑。

她們似乎是發自內心無法理解我說的話。

「……那」「她是」「個什」「麼樣的」「女孩？」

「這個嘛……」

聽到她這麼問，我想了一下，思考「她」是個什麼樣的女孩。

我當然很清楚這個問題的答案。因為我這一年都陪伴在「她」的身邊，默默看著「她」的一切。

「她非常精明能幹，但也十分糊塗。」

我先是這麼說。

「她很會念書，做事有條理，是個很認真的人。不過，她也會翹課，做事馬馬虎虎，個性大而化之。」

秋玻與春珂再次露出困惑的表情。

可是，事實就是如此，而且還不只是這樣。

「她喜歡女孩子氣的東西，但也喜歡男孩子氣的東西。她房間裡有可愛的玩偶，但也會穿破破爛爛的粗獷皮靴。她還喜歡聽爵士樂，但也喜歡聽偶像歌曲。她對自己缺乏信心，卻又充滿自信。雖然個性內向，有時候又相當強硬……外表也一樣，她是漂亮型的女孩，也是可愛型的女孩。」

秋玻與春珂皺起眉頭，默默注視著我。

可是，她們似乎明白我說這些話是認真的。

「……好」「奇」「怪。」

她小聲說出這樣的感想。

「那種」「女孩」「不存」「在。」「那樣」「太矛」「盾」「了。」

「……啊哈哈，我也這麼覺得。」

儘管是我自己說過的話，被她這麼吐槽，我還是笑了出來。

秋玻與春珂說得沒錯。這樣確實很矛盾。

既精明又糊塗；既會念書也會翹課；做事有條理卻又馬馬虎虎；個性認真卻又大而化之。

這些特質全都正好相反。一個人同時具備這些特質，當然是件矛盾的事情。

然而——

「沒錯，很矛盾。」

——我非常肯定這個結論。

然後——

「我們大家——都很矛盾。」

我對秋玻與春珂——對眼前的「那女孩」這麼說道。

「就像夏天的悶熱感與蟬鳴聲的透明感；就像列車的速度與鐵軌上的鏽蝕；就像筆記本上的原子筆字跡與百年前的歷史；就像穿透外套的寒意與射進屋內的朝陽——」

當我回過神時——我發現自己笑了。

我每多說一句話，肩膀上的重擔就跟著消失一些。

這個世界是矛盾的，無法用單一的標準來衡量。

「我們——就活在這樣的世界中，而我們心中也有一個世界。那是個既壞心眼又溫柔，既纖細又遲鈍的世界……」

我——呼喚「那女孩」。

「所以，妳肯定也曾經是這樣，心中存在著許多矛盾。然而……妳肯定是遇到了無法繼續保持矛盾的情況……」

我緊咬著脣，拚命想像當時的情況。

接下來這些話也包含我的想像，我並不曉得實際情況。

可是——我應該沒有猜錯，這些話肯定能傳到「那女孩」的內心——

「我記得妳曾經提過一些。家裡發生令妳難過的事情，那種壓力使妳變成一個雙重人格者。原本那個矛盾的妳，當時肯定是非得做個認真的女孩不可吧。那可能是為了支持別人，也可能是為了保護自己。妳必須當個認真堅強，而且精明冷靜的女孩。說不定那其實是為了代替某人的存在……」

──我說出自己的想像。

這些話──讓眼前的「那女孩」睜大雙眼。

傳達到了。我的想法確實傳進「那女孩」的心裡了──

「所以──妳只能壓抑自己。原本那個矛盾的妳，拚命壓抑著自己不該表現出來的那一面。而極限也在這時到來。『秋玻』與『春珂』就是在這時誕生的。原本那個矛盾的妳，把自己的不同特質分成兩個人格──」

──我猜事情肯定就是這樣。

我懷著幾乎算是確信的心情，做出這樣的結論。

因為──我自己就是這樣。

「其實……我也是個矛盾的人。」

我邊說邊笑。

承認這個事實讓我覺得輕鬆多了，有種想要跳起來的衝動。

「我是個既蠻橫又纖細，既敏感又遲鈍，既溫柔又壞心眼的人。我有許多不同的面貌，而且那些面貌全都是我。我是個矛盾的傢伙。如果換個說法……就是我心中也有各種不一樣的人格。他們可能叫作春樹，也可能叫作秋夫。雖然我不知道他們的名字，但這些傢伙確實存在……而我硬是想把他們全部統合成一個人。想也知道這根本不可能吧……」

這真的很痛苦。

我的這些性格確實存在。

如果否定自己有著這些性格，就等於是否定自己，不可能不令人難受。

「可是——」

我——加重語氣繼續說下去。

「我現在——想接受這一切。我想做個矛盾的人，並且愛著眼前這個同樣矛盾的妳。我愛著無法接受自己的矛盾，結果一分為二的妳。所以，我現在——想要了解妳。」

說完——我拉起「那女孩」的手。

我拉起既是秋玻也是春珂，同時寄宿著她們兩人的「那女孩」的手。

「我想陪伴在妳身邊，想要跟妳談戀愛——」

我——使勁握住那隻手。

然後說出自己的願望。

告訴她我想知道的事情。

「我想知道妳的名字——還有妳心中所有的矛盾。」

「因為——我喜歡妳。」

——「那女孩」稍微低下頭。

瀏海遮住了她的表情。

然後她保持低頭的姿勢——

「謝謝你。」

明確地對我這麼說。

「原來……我就是我。我是秋玻，也是春珂……」

「嗯，沒錯。」

「謝謝你——告訴我這件事。」

然後——她重新抬起頭。

雙眼筆直注視著我。

眼裡像是好幾億光年的黑暗裡寄宿著銀河。

雪白的臉龐看似正經，嘴角卻掛著淘氣的笑容。

回握著我的手指強而有力，肌膚卻無比柔軟——

「那女孩」就站在我面前。

她就是我一直苦苦追尋的心上人。

「那女孩」現在正筆直注視著我。

然後，她緩緩張開那對薄薄的嘴唇——

「——很高興認識你，矢野四季同學。」

「我叫——水瀨曆美。」

「我最喜歡你了——」

三角的距離
無限趨近零
Bizarre Love Triangle

「──咦～那我們要在這裡暫時跟曆美告別了嗎……」

我們在醫院的大廳裡集合。

見到曆美的須藤一臉遺憾地表示不滿。

「大家一起前來這裡的過程很快樂，讓我原本還對回程充滿期待～想說我們能不能一起搭飛機回去……」

──平日早上。

才剛建好的宇田路綜合醫院新館大廳，籠罩在健全的繁忙氛圍之中。

帶著孩子的女性從入口走進來；長者們開心地談天說笑。

還能看到疑似前來送貨的年輕男性業者。

眼前的景象既和平又清潔，沒有發生任何緊急的事情。

在這當中──我們這些高中生聚集在這種地方，果然還是有些奇怪。

周圍的來賓與患者都不時向我們投以疑惑的目光。

「好啦好啦，只要檢查結束，她就能早點回到東京了不是嗎？」

修司面帶苦笑，努力安撫心懷不滿的須藤。

「等她回到東京，就不愁沒有相聚的時間了，到時候大家就一起去旅行吧。」

「……哎，說得也是。」

──秋玻與春珂成功統合人格，重新變成曆美。

在那之後，我們把鑰匙還給名倉老師，告訴她事情的經過，還鄭重地向她道謝，然後就兩個人一起來到這間醫院。

院方對她進行緊急檢查──結果十分良好。

統合後的人格穩定程度前所未見。

順帶一提，當我們在醫院裡見到岳夫先生時，他真的非常生氣。

因為他的口氣很粗暴，讓我做好了挨揍的心理準備。擔心出事的護理師甚至還在途中過來勸阻。

然而，我從頭到尾都深深低著頭，不斷向他道歉。為了自己亂來的舉動，以及讓秋玻與春珂陷入險境這件事，致上最深的歉意。

他會生氣也很正常，我就算挨揍也怪不得別人。

可是──當岳夫先生發洩完怒火後，他又抱著我大哭。

他的情緒似乎相當激動，那種體溫和音量不知為何讓我也跟著哭了。

後來，我們來到醫院的大廳。

曆美跟我說雖然之後還要再做一些檢查，但只要再過一個月左右，她就可以回到東京了。看來她似乎是利用檢查的空檔，特地跑來告訴我這件事。

而就在這個時候——被我叫過來的須藤等人也趕到了。

「這裡的食物也未免太好吃了吧……」

須藤說出這樣的感想，心中的歡喜全都寫在臉上。

聽說他們一起跑去三角市場裡的餐廳吃早餐。他們吃了鮭魚子丼和三色丼，盡情享用了海鮮大餐……

……嗯，這還真是教人有點羨慕。我也想要吃吃看……

他們就這樣見到曆美，大家稍微聊了一下。

「……感覺真是不可思議……」

柊同學在途中說出這樣的感想。

「我明明……是頭一次見到曆美，卻完全沒有那種感覺……我能感覺到秋玻與春珂的存在……」

——其實我也有這種感覺。

我早就知道事情會變成這樣了。

如果「那女孩」能認同自己心中的「秋玻」與「春珂」，同樣接受雙方的存在，她們兩人就能在「那女孩」心中合而為一繼續活下去。

可是——這件事現在實際在我眼前實現了。

一位名叫曆美的女孩活生生地出現在我面前，讓我被夾在陌生與熟悉的感覺之間，心裡有種不可思議的感受。

而現在，我們已經連未來的計畫都稍微討論過了。

「……矢野，你還好嗎？」

細野對我這麼說，把話題的矛頭轉向我。

「你最近這幾天都在勉強自己吧？身體狀況還行嗎？」

……我的身體狀況啊……

心思都被其他事情占據，讓我完全沒把這件事放在心上……

「……頂多就只有肚子餓了吧。」

嗯，我試著回想自己身上有沒有會痛或是不舒服的地方，但完全想不出來。

頂多只覺得肚子餓，以及有些想睡罷了。雖然身體非常疲倦，但心中的充實感與歡喜蓋過了疲倦。

「你之後有什麼計畫？」

「這個嘛～～等事情都大致處理好後，我可能就會回去西荻了吧……畢竟還要上學，我也不能在這裡待太久……」

「啊！那我有個想法！」

霧香像是想到好主意般大聲拍手。

「你要不要先跟我們去吃點東西，然後一起回家～～？」

「……說得也是，這或許是個好主意。」

「那我們要不要去吃迴轉壽司！大家不是都說北海道的迴轉壽司超級好吃嗎～～？我一直想去吃一次看看！這樣已經吃飽的我們也容易控制分量，這個主意應該還不錯吧～～？你們覺得呢？」

「不錯喔～～！霧香，妳這個主意真棒！」

「我也有點想去吃吃看。我贊成。」

因為大多數的人都贊成，我們便決定去吃迴轉壽司。

所以我們也差不多——該跟曆美告別了。

「……再見。」

我一邊揮手，一邊向前來送行的她這麼說。

「曆美，我很期待能在西荻窪跟妳見面——」

曆美也對著我們揮手。

她那輕輕揮手的樣子，以及有點悲傷的笑容，我應該永生難忘吧。

＊

——結果我們竟然決定搭乘新幹線回家。

大家一起吃完迴轉壽司後，我們來到車站前面的甜甜圈專賣店，跟千代田老師商量回去的方法時，做出了這樣的決定。

原因則是——

「……我要坐新幹線回去。」

細野說出了這種話。

「我不坐飛機……我要搭新幹線回去……」

聽說大家過來這裡時是搭飛機，而那似乎是他的飛機初體驗。

那段旅程——讓他非常害怕。

據說他被嚇得臉色發白。

……雖然令人同情，但我想到那個畫面就想笑。沒想到那個不善交際的細野竟然不敢坐飛機……

而且柊同學八成覺得這樣的細野很可愛吧。她現在看著細野的眼神也充滿笑意……順帶一提，霧香也一副似笑非笑的樣子……這傢伙多半覺得細野很遜，正在心裡大爆笑吧……

不過——

「咦～～！坐飛機很安全的～～！」

正在享用古早味甜甜圈的須藤一臉不滿地抗議。

這傢伙在迴轉壽司店裡也吃了不少，她到底要攝取多少熱量啊……

「飛機又不會掉下來！坐新幹線太花時間了，票價跟飛機也沒差多少！你還是乖乖放棄，回程也搭飛機吧！」

「……我不坐。」

臉色蒼白的細野搖了搖頭。

「我要自己一個人坐新幹線回去……你們去坐飛機吧……」

「……你真是講不聽耶！！！」

——事情就是這樣，我們不可能讓細野獨自去搭新幹線。

結果就決定大家一起搭新幹線回去了。

大家都覺得傻眼，但霧香意外地並不抗拒。

「沒關係啦。這也是個好機會不是嗎～」

她還一臉開心地走向售票口。

「出來玩還把效率擺在第一，感覺實在有點無趣～」

＊

——我們先從宇田路前往新函館北斗。

當我們成功轉搭開往東京的新幹線時，太陽已經快要下山了。

「看來我們要很晚……才能回到西荻窪了……」

拿出手機確認列車的預計抵達時間後，在我旁邊坐下的須藤如此說道。

「算了，我們就一邊吃著火車便當，一邊放鬆休息吧～……」

「是啊。畢竟搭電車來到這裡也挺累人的……」

在我如此回答的同時，列車緩緩開動了。

列車越開越快，讓車站轉眼間就消失在視野的另一端。

——這讓我有種事情告一段落的感覺。

我已經離開北海道，準備回到西荻窪這個故鄉。我將在那裡迎接嶄新的生活。

我一邊眺望著太陽下山的光景，一邊茫然想像著未來的新生活。

我看向自己的朋友們。

他們轉動座椅，大家面對面坐在一起，每個人都露出跟我一樣的表情眺望著窗外的風景。

零星的流光照在臉上，身體也隨著列車輕輕搖擺。

突然間——我發現自己比過去更擅長觀察他們的表情。我能在上面找到過去無法發現的細微情感，還有五官所流露出的個人魅力與特徵，以及他們的為人。

這肯定是因為過去的我看漏了許多東西。

我一直在秋玻與春珂身旁努力生活，卻連自己的生存之道都找不到。我想自己應該真的看漏了許多東西。

不管是重要的東西，還是不重要的東西，甚至是別看到比較好的東西，我看漏的東西無以計數。

從今以後，我就能好好尋找這些東西了。

在未來的嶄新生活中，我能找出比過去更重要的東西。

可是——我覺得有些遺憾。

我在過去的生活中看漏了許多東西，沒能抓住那些無可替代的寶物。

我肯定會慢慢忘記這一切。

這一年的記憶目前還算鮮明。我能清楚回想起這段戀情中的苦楚與歡愉，以及跟她們兩人一起看過的景色的色調與氣味。

隨著時間的流逝，我肯定會忘記這些東西吧。

——所以，我有個想法。

我有一件想做的事情。

趁著這一切還沒變成回憶，我想要完成這件事。

＊

「……我們到了呢。」

「是啊～～」

「矢野，歡迎你回來。」

在列車裡跟霧香告別後，我們一行人在西荻窪站下車了。

我站上熟悉的月台，看到遠方的西荻窪車站北側出口。

還聽到站內廣播與人們的喧囂聲，聞到空氣中的春天香味——

我用自己的五感去感受。

這裡是我居住的城鎮。我想在這裡等那女孩回來。

我要在這裡等待她——等待曆美到來。

離開車站後，我朝向自己的家邁出腳步。

我在不同的路口跟朋友們道別，最後只剩下自己一個人。

然後——我再次想起自己在電車裡做出的決定。

她們兩人寫了一封信給我。

那是秋玻與春珂寫給我的遺書。

我要寫一封很長的回信給她。

我想把跟她們兩人一起度過的日子寫下來，留下只為了我們兩人存在的紀錄。

為了讓在宇田路生活的她能夠想起在這裡的每一天——